Tomás Moro

UTOPÍA

ISBN: 978-84-9764-471-6
Depósito legal: M-12577-2008

Colección: Clásicos de la literatura
Título: Utopía
Autor: Tomás Moro
Traducción: Traducción cedida por Ediciones Abraxas S. L.
Título original: *Utopia*
Estudio preliminar: Enrique López Castellón
Diseño de cubierta: Juan Manuel Domínguez
Impreso en: Lável

TOMÁS MORO

UTOPÍA

Por Enrique López Castellón,
*Director del Departamento de Filosofía
De la Universidad Autónoma de Madrid*

Después del descubrimiento de América empezó a aparecer por todo el mundo occidental un conjunto de textos, supuestamente basados en relatos de marineros y de misioneros, donde se ofrecía una imagen depurada y perfecta de los pueblos remotos que habían sido descubiertos. Esos pueblos vivían felices en su estado natural y gozaban de unas organizaciones sociales que parecían contribuir a la armonía entre sus miembros y a la paz entre los pueblos vecinos. Se difundieron mucho las cartas de Colón, los relatos de Vespucio y las *Occeani décadas* de Pedro Mártir de Anglería. Estas narraciones, en las que resultaba imposible separar lo verdadero de lo inventado, el testimonio de segunda mano de la observación directa, excitaron la imaginación de los escritores renacentistas que trataban de actualizar antiguas leyendas de Platón, descripciones de la «edad de oro» referida por Virgilio, y otras fantasías parecidas. En algunos casos, tales organizaciones ideales se ponían como modelo de las instituciones existentes, sirviendo de base para criticar gobiernos, instituciones y organizaciones europeos. No es de extrañar, pues, que, en contraste con el estado de cosas existente en la Inglaterra de la época, Tomás Moro iniciara una serie de descripciones que en su caso venían avaladas por su condición de hombre de Estado y profundo conocedor de los males sociales que aquejaban a su país.

El francés Juan Barclay, hijo de un escocés emigrado, escribió la *Argenis*, alegoría sobre la situación política europea, especialmente de Francia, en tiempos de la Liga. La *Occeana*, de James Harrington criticó, un siglo después de la Utopía de Moro, a los Estuardos y al parlamentarismo inglés, proponiendo un régimen republicano. Aunque ocultó los nombres reales con nombres imaginarios (Occeana era Inglaterra, Emporium era Londres, Orpheus era Cromwell y Morpheus Jacobo I), su publicación costó a su autor persecuciones, cárcel, destierro y tal vez la pérdida de la vida por envenenamiento. Otras obras, por su carácter más científico que político, tuvieron menos problemas. Tal es el caso de la *Nueva Atlántida* de Francis Bacon, donde se describe una ciudad ideal, lugar de cultivo de las ciencias y de las artes que se incluyen en el *Novum Organum*, una especie de puesta al día de la filosofía de la ciencia y de la lógica de Aristóteles.

Y ya que hemos citado a un autor griego, justo es reconocer que estas utopías tienen como ilustres antecedentes la *República* y las *Leyes* de Platón y *La ciudad de Dios* de Agustín de Hipona. Pero volviendo al Renacimiento merecen ser recordadas por su pacifismo la Querella de la paz de Erasmo y la *Concordia y discordia en el linaje humano* de Juan Luis Vives. Pero la más famosa es, sin duda, la *Ciudad del Sol*, que Campanella escribió en la cárcel partiendo de ideas de Moro y de Platón. Se desarrolla en forma de diálogo entre el gran maestro de los caballeros hospitalarios y un marino genovés, que describe una ciudad descubierta en la isla de Trapobana, sobre el Ecuador. Estaba organizada política y económicamente en forma parecida a un gran monasterio y dividida en siete barrios. En el centro, sobre una colina, había una plaza con el templo del sol, al que se tributaba culto como imagen de la divinidad. El régimen era jerárquico, teocrático y comunista. Consistía en una hierocracia inspirada en la religión natural. Era la realización del go-

Tomás Moro por Hans Holbein (Galería Nacional de Londres).

bierno del amor, mediante la dirección de los más sabios, entendiendo por tales quienes más amaban a Dios. El poder supremo, político y religioso, lo ejercía Hoh, el gran metafísico, o sol, príncipe y sacerdote a la vez, imagen de la unidad absoluta de Dios. Debía ser el hombre más eminente en la ciencia y dejar su carga cuando apareciera otro superior a él. Tres ministros le ayudaban a gobernar, que representaban a las tres cosas primarias: el poder, la sabiduría y el amor. Debajo de ellos había una amplia jerarquía de magistrados inferiores, correspondientes a las virtudes: maestros, jueces y sacerdotes. La disciplina era como la de un monasterio y no existía la propiedad privada e incluso se combatía el deseo de posesión. Se trabajaba cuatro horas y se premiaba la cantidad y la calidad del trabajo realizado, dejando mucho espacio para el ocio cultivado. No existía la familia, había una igualdad total entre hombres y mujeres y disponían de máquinas para trasladarse hasta las estrellas. La *República Cristianopolitana* de Juan Valentín Andrea, el *Libro de los salvajes* de A. Du Périer, la *Historia de los Sevarambos* de D. Varaisse d'Alais, las *Aventuras de Telémaco, hijo de Ulises* de Fenelón. El socialismo utópico de Fourier dibujó nuevas utopías proyectadas hacia el futuro a la manera de las *Memorias del año 2500* que un siglo antes había escrito Luis Sebastián Mercier. Tal fue el caso de Étienne Cabet y su famoso *Viaje a Ítaca*. En el siglo XX las utopías se dirigieron hacia la ciencia ficción y tras las experiencias del nazismo y del stalinismo pintaron mundos oscuros privados de libertad. Es el caso de Ray Bradbury con *Fahrenheit 451*, de Aldous Huxley con *Un mundo feliz* y de George Orwell con *1984*.

De la Guerra de las Rosas
a los caprichos de Barbazul

Tomás Moro vino al mundo cuando su país estaba inmerso en una guerra civil que llevaba ya casi cuatro décadas donde se enfrentaban las dos ramas de los Plantagenet que aspiraban a la corona de Inglaterra: los York, cuyo blasón era una rosa blanca, donde se agrupaban las clases medias y los lolardos, una fracción religiosa, y los Lancaster, simbolizados por una rosa roja cuyos partidarios eran antiguos aristócratas. Habiendo vencido los primeros, subió al trono Eduardo IV, cuyos últimos años de reinado supusieron un período de terror. A su muerte, el duque de Gloucester, hermano de Eduardo IV, ansioso de poder, se hizo reconocer como soberano por el Parlamento con el nombre de Ricardo III, tras haber asesinado al pequeño Eduardo V. Moro tenía cinco años de edad y apenas podía captar el terremoto de indignación que este crimen produjo en todo el país. El propio duque de Buckingham, que había sido uno de los más decididos defensores del usurpador, formó parte de una conjura que tenía como fin devolver la corona a Enrique Tudor, conde de Richmond, a quien la viuda de Eduardo IV prometió la mano de su primogénita Isabel. Con este matrimonio se habría cerrado la época de las luchas entre los bandos de las dos rosas. Un primer intento de Buckingham fracasó y fue ajusticiado (1483), pero dos años más tarde el conde de Richmond desembarcaba en Gales y derrotaba al tirano en Bosworth.

Enrique VII Tudor no tenía en principio ningún derecho al trono inglés porque la rama de la que provenía era ilegítima y porque, además, de la casa de los York quedaba vivo aún Eduardo, conde de Warwick, sobrino de Eduardo IV. En consecuencia, menudearon los intentos de derrocarlo, primero por parte de los Warwick, y posteriormente de los yorkistas. Ante situación interna tan precaria, la política externa de Enrique VII no podía menos de ser cauta. Firmó tratados comerciales con Noruega, Países Bajos y Florencia, y, para asegurarse la no intervención de Francia, se acercó a España, concertando el matrimonio de su hijo Arturo, príncipe de Gales, con la hija de Fernando el Católico, Catalina de Aragón. Al morir Arturo, Enrique VII apalabró nuevamente el matrimonio con su segundo hijo, que ascendía en ese momento al trono. Este enlace, que se realizó en 1509, sería fecundo en grandes acontecimientos. Enrique VII fue el fundador de una dinastía bajo la cual Inglaterra conoció importantes transformaciones. Ante todo, la extinción de la gran nobleza feudal favoreció el desarrollo de la burguesía, en la que se apoyaron los soberanos Tudor no sólo para reprimir las pretensiones de los aspirantes al trono, sino también para combatir a la Iglesia Católica.

Cuando Enrique VIII subió al trono tenía dieciocho años y Tomás Moro treinta y uno. Aunque firmó la paz con Francia, apoyó al emperador Carlos I de España y V de Alemania. La batalla de Pavía, que supuso la prisión para el rey francés Francisco I, marcó la hegemonía de los Habsburgo en el mundo occidental. Para lograr un cierto equilibrio, se alió con Francia y con el Papa, rechazando la doctrina de Lutero y ganándose el título de «defensor de la fe». El rey, que como se recordará se había casado con la viuda de su hermano por razones políticas, se enamoró de una dama de la corte llamada Ana Bolena, por lo que solicitó la disolución de su matrimonio. El caso fue estudiado por las universidades más prestigiosas del momento (Oxford, Cambridge, Padua, la Sorbona, por ejemplo) y por los obispos ingleses que, con excepción del cardenal John Fisher, dieron la razón a Enrique VIII. Pese a ello, el Papa, sin duda para no enemistarse con España desairando a Catalina de Aragón, se negó a disolver el matrimonio y declaró nulo el contraído por el rey con Ana Bolena, excomulgando a Enrique VIII. El Parlamento aprobó el principio de que la Iglesia Católica inglesa quedara fuera de la órbita de la autoridad papal y sometida a la del rey. Mediante el Acta de Supremacía, Enrique VIII se convertía en cabeza de la Iglesia nacional inglesa. Como Tomás Moro y el cardenal Fisher se negaron a firmar dicha Acta fueron condenados a la pena capital y ejecutados en la Torre de Londres. No sabían éstos que después el rey haría decapitar también a Ana Bolena, acusándola de adulterio para casarse con Juana Seymour; que, muerta ésta en un parto, el rey volvería a casarse, esta vez con una luterana, Ana de Cléveris, a quien también repudió para casarse con Catalina Howard, que fue decapitada, dando vía libre a la última de las reinas, Catalina Parr, que para su suerte sobrevivió a Enrique VIII. Libertino y culto, magnánimo y cruel, Enrique VIII fue el típico monarca absoluto del Renacimiento. Su reinado sentó las bases de la potencia marítima y mercantil de Inglaterra, centralizó y unificó el sistema de gobierno, extendió y desarrolló la representación parlamentaria, aumentando sus atribuciones, asimiló el País de Gales a Inglaterra y anexionó Irlanda. En esta intensa labor política ocupó un lugar preferente Tomás Moro, como veremos a continuación.

Un burgués inteligente y humanista

Thomas More (o Tomás Moro) nació el 6 o el 7 de febrero de 1478 en el seno de una familia burguesa asentada en Londres, siendo su padre un juez real. Por aquellos años Chaucer publicaba la primera edición de los *Cuentos de Canterbury* y España comenzaba a confirmarse como nación con el matrimonio de Isabel y Fernando que unía los reinos de Castilla y Aragón. Savonarola predicaba en Florencia y en Urbino nacía Rafael, el mayor de los pintores de la época.

Pronto destaca Moro como un niño inteligente y discreto, lo que induce al cardenal Morton a tomarlo a su servicio y, en compensación, ocuparse de su educación. El palacio del cardenal es un sitio adecuado para estudiar (dispone de una excelente biblioteca) y seguir cultivando sus dones naturales para la diplomacia y las relaciones públicas; a la vez lo mantiene alejado de las correrías y travesuras de los estudiantes sin que el aislamiento fomente una erudición libresca y pedante. Pronto se despertará en él su gran interés por el Derecho y la justicia, que le lleva a estudiar al Saint Antony's School de Londres, mientras un navegante inquieto llamado Cristóbal Colón trataba de entrevistarse con los Reyes Católicos. Moro empieza a conocer la maraña de los pleitos, los conflictos de intereses y el vocabulario jurídico, sin olvidar nunca la lectura de los grandes humanistas del momento. Pronto es una joven promesa cuya formación es alabada en las numerosas cartas que se cruzan los grandes estudiosos. Es de recordar que el movimiento humanista no nació propiamente en las universidades, anquilosadas en sus viejos programas de estudios, sino más bien al margen de ellas, promovido y alentado por una minoría de individualidades selectas, dispersas o agrupadas en academias, y protegido por la generosidad de mecenas particulares. La recuperación de la cultura antigua abrió camino a lo que se llamó el «descubrimiento» del hombre, es decir, a una concepción naturalista de la realidad, cada vez más desligada de las religiones positivas.

Hacia 1485, es decir, cuando Moro tenía sólo ocho años, había empezado a extenderse el humanismo por Inglaterra. Es la fecha en que Poggio visitó el país y Cornellio Vitelli empezó a enseñar en Oxford. La mayoría de los humanistas ingleses surgió de la Iglesia, por lo que no se apreciaron tendencias paganizantes ni espíritu de ruptura con la tradición medieval. En Oxford sobresalió John Colet, amigo de Marsilio Ficino y proclive al neoplatonismo, y en Cambridge John Fisher, dieciocho años mayor que Moro y destinado a compartir con él un terrible final. Amigo de Erasmo de Rotterdam, a quien introdujo en Cambridge, posibilitó una amistad con Moro que duraría toda la vida. Aunque Erasmo carecía de un pensamiento filosófico concreto generó un amplio movimiento, donde se mezclaban el humanismo, el amor a la lectura, la escritura y la oratoria, la simplificación del cristianismo, el antiescolasticismo y un cierto espíritu tolerante, compasivo, representativo de la libertad.

Estamos en 1492, fecha en que se consuma la reconquista en España, en que Colón pisa tierras americanas y en que Moro empieza a estudiar en Oxford para continuar la carrera de Derecho en el Nuevo Colegio de Abogados de Londres, y publica como traductor de griego clásico algunos fragmentos. Tiene veintiocho años y lee por primera vez un escrito suyo en letras de molde, mientras Leonardo da Vinci traza las primeras pinceladas de su *Cena*. Moro prosigue sus estudios en el Colegio de Abogados de Lincoln, mientras Erasmo está estudiando teolo-

La familia de Moro según el dibujo a la pluma de Hans Holbein, que se conserva en el Museo de Basilea.

13

gía en París. Las dotes literarias del primero le llevan a escribir el epitafio del organista del rey. Hasta los muros académicos llegan las hazañas de Vasco de Gama que, tras doblar el cabo de Buena Esperanza, continúa su viaje hacia la India. Moro empieza a visitar el palacio real de Eltham y en una ocasión él y Erasmo que le acompaña conocen a un niño de ocho años a quien dedican unos versos. Era el duque de York, futuro Enrique VIII. Un año después, en pleno cambio de siglo, nace el futuro emperador Carlos V. Moro está terminando su último curso de Derecho y se cartea asiduamente con Erasmo. Juan de la Cosa ha dibujado ya el primer mapa del Nuevo Mundo y empiezan a llegar a él los primeros barcos de esclavos africanos.

Por estos años encontramos ya a Moro ejerciendo como abogado y dando cursos prácticos de Derecho en el Colegio de Abogados de Furnival. De vez en cuando se retira a la Cartuja de Londres tratando de probar su vocación religiosa, pero es más la paz de los claustros lo que serena su espíritu que una forma de vida que le alejaría de las actividades públicas que cada día le atraen más. Moro perfecciona sus conocimientos de griego mientras un escultor italiano llamado Miguel Ángel, con veintiséis años de edad, ha terminado de esculpir una *Piedad* para el Vaticano y está esculpiendo un *David* para un palacio florentino. Muere la reina Isabel y Moro compone una elegía póstuma que refleja la situación de su época. A la vez compone varias estrofas contra quienes confían en la fortuna. Cuando en noviembre de 1504 muere Isabel la Católica, Leonardo acaba su *Gioconda* y Bartolomé de las Casas inicia sus trabajos en las tierras descubiertas por Colón, Tomás Moro se decide a contraer matrimonio.

Nada sabemos de su noviazgo ni de la familia de Jane Colte, una esposa desafortunada que le deja cuatro hijos tras siete años de feliz matrimonio. Estamos en 1505, ha nacido Margaret, la hija primogénita y preferida de su padre. Erasmo se hospeda en el tranquilo hogar de los Moro y ambos traducen en amistosa competencia los *Diálogos* de Luciano. En este tiempo se publica la *Cosmografía* de Waldseemüller, con la versión en latín de los cuatro viajes de Américo Vespucio que Moro usará para la trama de su Utopía.

En otoño de 1505 Moro visita las universidades de Lovaina y de París. En Roma Miguel Ángel está pintando la bóveda de la Capilla Sixtina bajo la presión del papa Julio II que acaba de conceder a España plenos poderes para evangelizar el Nuevo Mundo. El año siguiente sube al trono Enrique VIII y conciertan su matrimonio con la viuda de su hermano. Pronto nombra a Moro suboficial de justicia de Londres, donde puede dar muestras de un generoso sentido de la equidad, impartida con humanidad y espíritu compasivo. Ese verano Erasmo redacta su *Elogio de la locura* durante sus vacaciones en casa de Moro. Éste le comunica que ha sido elegido diputado de la Cámara de los Comunes. Meses después representaba a la ciudad de Londres en el Parlamento y publicaba la *Vida de John Picus*. Sus excelentes dotes para las relaciones humanas hacen que le lluevan solicitudes de todas partes, entre ellas la de ser juez de paz de Hampshire y profesor en el Colegio de Abogados de Lincoln. Su felicidad se trunca con la muerte de su esposa. Moro se siente desamparado ante sus cuatro hijos y se vuelve a casar con una viuda llamada Alice Middleton que aporta una hija al matrimonio y enturbia con su mal carácter la flema inglesa de Moro. Alguno de sus amigos deja de alojarse en su casa por no ver «el pico de la arpía». Moro, en cambio, sigue siendo un ejemplo de árbitro en casos de conflictos y mercaderes y síndicos se lo disputan para que negocie en su nombre, al tiempo que adquiere el máximo grado académico como profesor e ingresa en una sociedad de sabios llamada Doctor's Commons.

Va acumulando ciertas riquezas que le permiten comprar una casa de campo en Chelsea donde su familia pueda vivir al abrigo de la corte. «Siente pasión por los animales de todas clases —dice Erasmo— y se complace en observar sus costumbres. Todos los pájaros de Chelsea van a buscar alimento a su casa. Posee una colección de animales domesticados. Su casa es un museo de curiosidades que disfruta enseñando a los visitantes».

Un joven exaltado, de ideas luteranas, corteja a Margaret, la hija primogénita de Moro. Aunque éste le reprocha su heterodoxia, termina aceptando unas relaciones que le reportarán un yerno, un amigo, un fiel seguidor y hasta un biógrafo. Él, precisamente, nos habla de una visita del rey a esta casa de Chelsea y del afecto con que trataba a su súbdito y amigo. Cuando felicitó a su futuro suegro por esta deferencia, Moro le contestó: «Sí, hijo; agradezco que el rey me haga tantos favores, pero no me enorgullezco por eso: sé perfectamente que si pudiera comprar con mi cabeza un castillo francés, lo adquiriría sin dudarlo».

Consciente de sus dotes diplomáticas, Enrique VIII envía a Moro a Flandes para resolver unos asuntos comerciales. Éste conoce imaginariamente en Amberes al marino portugués Rafael Hitlodeo, cuyas palabras reproduce en el segundo libro de la UTOPÍA. Al año siguiente, 1516, termina el primer libro de esta obra que envía a Erasmo. Aún lleva el nombre de *Nusquama*. En los años siguientes, varias personalidades europeas se interesan por la obra de Moro. Incluso Martín Lutero expresa su «sed de leerla». Continuando la expedición de Magallanes, Elcano da la primera vuelta al mundo. Dos años después de ser coronado emperador de Alemania, el rey de Francia Francisco I le declara la guerra. Ese año de 1521 el burgués Moro se convierte en caballero y subtesorero de Inglaterra y ministro de Hacienda. Empieza a cartearse con Carlos V, que llega a Londres de paso para España. En 1525 acaba la guerra entre Carlos V y Francisco I, con el encarcelamiento de este último. Meses después los turcos, mandados por Solimán, se apoderan de Budapest.

En 1527 Moro cumple cincuenta años y Holbein dibuja un boceto de él con su familia. Negros nubarrones oscurecen el horizonte político: Las tropas mercenarias de Carlos V saquean Roma y Enrique VIII anuncia que «su conciencia le fuerza a separarse de su esposa». Los argumentos del monarca son, en principio, razonables: necesitó una dispensa del Papa para desposarse con la viuda de su hermano por puro interés político, ésta no le ha dado ningún hijo vivo; si muere sin descendencia volverán a disputarse los nobles el trono como habían hecho antes durante décadas. El propio Moro parece sensible a estos argumentos y ansía que el beneplácito del Papa le permita aceptarlos sin tener que violentar su conciencia. Como puede apreciarse en la UTOPÍA, Moro estaba plenamente convencido de la autoridad del obispo de Roma sobre los demás obispos y de la existencia de premios y castigos en la «otra» vida.

Acosado por los enviados de Londres, el Papa nombra una comisión para que estudie «el asunto» de Enrique VIII. Moro restaura con su dinero una capilla de la propia Chelsea, que aún se conserva pese a haber quedado dañada la iglesia durante el bombardeo de los nazis en 1941. Por tres años es nombrado Gran Canciller y el rey le hace entrega en East Greenwich del sello que le acredita como tal. Meses después preside la Cámara Alta del Parlamento.

Las universidades consultadas empiezan a pronunciarse favorablemente al rey respecto a la nulidad de su matrimonio. Dos años después se suman a ello los obispos ingleses. Temiendo la reacción del Papa, Moro renuncia a su alto cargo y se retira a Chelsea guardando un discreto silencio y reduciendo su nivel de vida. En 1533 el Papa excomulga al rey y Clemente VII declara válido su primer matrimonio, bajo presiones de Carlos V que defiende los intereses de su tía Catalina de Aragón. Enrique VIII contrae matrimonio con Ana Bolena y pasa a ser la autoridad máxima de la Iglesia inglesa (para no estar sometido a sus obispos) e independiente del obispo de Roma (para no tener que obedecer al Papa). Tomás Moro acude con su yerno al palacio de Lambeth y se niega a firmar el Acta de Supremacía. Así lo hace en varias ocasiones hasta que en abril de 1534 es conducido a la Torre de Londres. En su encierro debió debatirse entre su miedo a los castigos de ultratumba, la desgracia y la ruina que caían sobre su familia, su repugnancia a ver a Enrique VIII, cuyos vicios tan bien conocía, como cabeza de su Iglesia, su fe en la autoridad del Papa por delegación del propio Jesús y su temor a perder su autoestima y su autoidentidad de hombre ponderado y justo. Su hija Margaret le visita e intenta disuadirle de su actitud. Su esposa pide en Navidad al rey que se apiade de su esposo y de la pobreza que empieza a amenazar a la familia. Meses después vuelve a hacer otra súplica, esta vez a Cromwell, que ahora goza del favor del rey por haber secundado sus deseos. Pero Moro sufre cuatro interrogatorios y ante su cauteloso silencio le quitan hasta los libros con los que se entretenía en su encierro.

Por fin, en julio es condenado a muerte por traidor al rey. La condena es apoyada por testigos y pruebas falsas. Se concluye que ha hablado del rey «maliciosamente, traidoramente, diabólicamente». El 6 de julio de 1535 Moro es decapitado cerca del la Torre de Londres, sobre una pequeña colina. El rey sólo le ha perdonado la forma de morir de los traidores (horca, hoguera o descuartizamiento). Su cabeza reemplazó a la del cardenal John Fisher, decapitado antes, en el remate del Puente de Londres para que fuera vista por los viandantes. Después fue entregada a su hija que la conservó piadosamente. Cuatro siglos tardó la Iglesia Católica en agradecerle su fidelidad al obispo de Roma: hasta 1935 no aceptó que se le rezara como santo.

Una leyenda para el teatro

La vida pública de Moro, el conflicto entre el poder político y el religioso, el drama del rey Enrique con Catalina y con Ana, y el proceso y ejecución del canciller por ser fiel a su conciencia constituían materiales sustanciosos para ser llevados al teatro. Fue el propio Shakespeare quien escribió o retocó escenas de una tragedia llamada *Sir Thomas More* escrita por Munday, Dekker y Chettle, que se editó en 1844. En Alemania se representaron en el siglo XVIII dos tragedias sobre el mismo tema, que se unieron a la que escribió en verso el autor inglés J. Hurdis. Sin embargo, todas quedaron eclipsadas por la obra de Robert Bolt *A Man for all Seasons* (traducida al español por *Un hombre para la eternidad*), que se estrenó en The Globe de Londres en el verano de 1960, para pasar luego a representarse en Nueva York, y alcanzó un éxito tan grande que fue traducida a quince idiomas. El drama se centra en los últimos años de su vida y plantea el problema moral de la conciencia frente a las razones de Estado. Con bastante fidelidad a los datos históricos, reproduce frases y situaciones del propio Moro. El director Fred Zinneman se encargó de llevarla al cine con el mismo título y una gran dignidad.

Es de interés para el lector saber que Hans Holbein, el gran retratista de Augsburgo, fue protegido por Moro a instancias de su amigo Erasmo. El pintor era diecinueve años menor que él y se alojó en casa de Moro, que le abrió camino en los medios cortesanos. El artista se lo pagó con tres espléndidos cuadros, entre los que destaca el que se conserva en la galería Frick de Nueva York. Se conserva otro retrato de su segunda mujer y otro con toda su familia, del que sólo podemos ver el boceto a pluma que se exhibe en el Museo de Basilea. A los españoles nos queda contemplar más cerca el retrato que Rubens pintó de Moro y que se conserva en el Museo del Prado. Quien visite Londres debe, sin embargo, admirar la estatua sedente en bronce de Moro que se alza en la esquina de Cheyne Walk con Church Street, cerca de la iglesia de Chelsea, de la que antes hablé y en cuya capilla debían reposar sus restos. Su cabeza, que como sabemos conservó con piedad su hija, se encuentra en la tumba de ella y su esposo con esta sencilla inscripción: «Sir Thomas More, erudito, estadista, santo».

Historiador, teólogo y jurista

Moro fue un hombre entregado a una actividad pública, cuyos ratos libres destinaba a la familia y al estudio, preferentemente del Derecho y de las lenguas clásicas. Sin embargo, pese a no llegar al nivel de producción de su amigo Erasmo, hizo otras aportaciones además de su UTOPÍA, de la que hablaremos en el próximo apartado. Escribió en latín, aunque también en inglés a pesar de que su idioma no había alcanzado el nivel de perfección posterior a la impronta de Shakespeare.

La lectura y la traducción de epigramas latinos le inspiró la composición de epigramas propios o traducidos del griego sobre los temas que le importaban: la muerte, el desengaño de la existencia, el rey y el poder, la libertad política de los ciudadanos, el azar, los clérigos indignos, la debilidad femenina, los animales... A veces se trata de la traducción de un mismo texto en competencia con su amigo William Lily. Moro está obsesionado por el tema de la tiranía, tras las penosas experiencias que él y su padre en su actividad jurista tuvieron que sufrir por el despotismo irracional y arbitrario de Enrique VII, padre del rey que le enviaría el cadalso. Incluso habla de la tiranía de la muerte. En un epigrama llega a desechar la monarquía y aboga por un régimen estrictamente parlamentario. La lucha entre los animales o entre éstos y el hombre mediante la caza le inspiran un sentimiento franciscano de compasión por todo ser vivo que Holbein plasmó en su retrato. La traducción de los *Diálogos* de Luciano de Samosata, junto con Erasmo, es una muestra más de su admiración por la cultura clásica y, en particular, por este destacado representante de la literatura griega rediviva bajo el Imperio Romano. Estos *Diálogos* son tres series de composiciones breves, casi todas satíricas, donde dialogan los dioses, los muertos y los marinos, siendo la segunda la más conocida y jugosa.

A los tiempos primeros de su reinado en que Enrique VIII fue llamado por el Papa «defensor de la fe», corresponde su *Vindicación de Enrique contra Lutero*, donde, como comprenderá el lector, se trata de una defensa del catolicismo sobre el protestantismo, así como un alegato a favor de la unidad de la cristiandad. Por el contrario, la *Historia de Ricardo III*, con la que puede decirse que comienza la historiografía inglesa, constituye una crítica impecable y directa de la política del siglo XVI. Sirvió probablemente de inspiración a la tragedia que escribió Shakespeare sobre el mismo personaje y parte del estilo del au-

La isla de Utopía. Grabado en madera atribuido a Hans Holbein, que ilustra la edición de la obra de Moro impresa por Juan Froben en Basilea (1518).

tor de la Utopía pasó a la obra de autor de *Hamlet*. El hecho de escribir esta obra en inglés podía contribuir a su difusión y reportarle problemas a Moro, razón por la cual dejó la historia sin acabar.

Frutos de su apología católica son su *Diálogo sobre herejías y materias de religión*, contra Tyndale y *Refutación de la respuesta de Tyndale*. William Tyndale fue un reformador religioso que tradujo la *Biblia* al inglés y murió, como Moro, mártir por sus ideas. Como se ve, en todos los bandos hubo mártires. Sus numerosas ocupaciones como juez, profesor de Derecho y estadista le impidieron escribir más. El tiempo que pasó encarcelado lo utilizó, sin embargo, para cultivar esta faceta de su actividad intelectual. En la Torre de Londres escribió su *Tratado de la Pasión*, especie de meditación sobre la muerte cuando empezó a considerarla como una perspectiva inevitable. También escribió en estos últimos meses el *Diálogo del consuelo en la tribulación*, mucho más extenso que la Utopía, que se divide en tres libros. Pretende hacer creer que su labor ha sido simplemente una traducción del francés que a su vez reproducía el original latino escrito por un húngaro. Es probable que, dado el carácter cauto y prudente del autor, no quisiera que se le atribuyeran las opiniones aquí expresadas. La autoría del húngaro deriva del hecho de que una de las tribulaciones a las que se refiere el *Diálogo* es el avance de los turcos que se habían apoderado de Budapest en 1525, amenazando a toda la Europa cristiana dividida por las luchas de los príncipes cristianos entre sí, la ruptura de la Cristiandad por la Reforma y las luchas dinásticas que podían recrudecerse en Inglaterra si Enrique VIII moría sin dejar un sucesor. Estos problemas del momento son abordados desde la perspectiva de un anciano (Antonio) y un joven (Vicente, sobrino del anterior). A estas publicaciones debe añadirse su amplio epistolario durante una época en que los humanistas cultivaron este género literario con mucho esmero. Moro nos legó en sus cartas a Erasmo o a Vives muchos datos sobre su carácter y sobre sus opiniones.

Los utópicos

La obra capital de Moro fue escrita en latín como idioma universal de los humanistas del Renacimiento, que no exigía la traducción a varias lenguas europeas por ser el lenguaje culto por excelencia. Llevaba un título largo que podría traducirse como «Sobre la mejor condición del estado y sobre la nueva isla Utopía»; un Estado ideal de tipo platónico donde, al hilo de una crítica de la situación social de la Inglaterra de su época introdujo los postulados del socialismo económico, cuyo fundamento religioso no impedía la predicación de la tolerancia contra toda persecución por motivos de creencias, si bien Moro hacía una excepción con quienes negaban a Dios y la inmortalidad del alma, pues éstos no eran dignos de vivir dentro del marco de ese Estado perfecto. Tomás Moro, que creó el término «utopía», localizaba en su comunidad ideal toda perfección: la virtud como fundamento de la moralidad del Estado, la sustitución de la servidumbre económica por una rigurosa distribución del trabajo que permitiera el ocio para el perfeccionamiento moral e intelectual, son algunos de los caracteres de su Estado, basado, por decirlo con términos de Vaz Ferreira, tanto sobre la «utopía psicológica» (principio de perfección de los miembros componentes) como sobre la «utopía histórica» (principio de perfección de las condiciones existentes).

Aunque conceptualmente la obra es el diseño de una organización ideal, en contraste con la arbitrariedad y el azar que regían los destinos ingleses, que bebe en las fuentes platónicas de la *República*, bautizadas por Agustín de Hipona de *La ciudad de Dios*, el aliciente inmediato son los relatos de navegantes que desde los viajes de Marco Polo volvían de sus viajes contando los mayores disparates y excentricidades que dejaban boquiabiertos a los crédulos: hombres con alas o plumas, animales fabulosos, sociedades dotadas de los más raros inventos. La obra hay, pues, que situarla en el contexto de los descubrimientos de la época que ampliaron extraordinariamente el mundo conocido.

En su estudio titulado *Utopías del Renacimiento* nos dice Eugenio Ímaz: «Por aquel entonces Américo Vespucio descubría el Nuevo Mundo a los europeos. La presencia de América ha hecho surgir la Utopía, ha hecho posible el viaje del Hytlodeo, compañero imaginario de Américo Vespucio. Rafael Hytlodeo había viajado, nos dice Moro, mejor que a lo Ulises a lo Platón. Pero Platón puso entre el mar y su utopía la distancia de quinientos estadios. Rafael, con Vespucio, buscó por el mar. Buscó la Atlántida que Platón nos da por perdida para siempre.»

Entre los libros que Moro leía y comentaba con Erasmo y con Pedro Egidio en Amberes durante su estancia oficial en Flandes en 1515 se encontraba el de las *Navegaciones* de Américo Vespucio que apasionaba a humanistas y hombres de ciencia como hoy apasionaría un relato sobre un viaje galáctico donde se hubiesen descubierto civilizaciones ignoradas. En Amberes escribió probablemente el segundo de los libros que componen la obra, el del relato fantástico, dejando la redacción del primero para su vuelta a Londres en el verano de 1516.

Ya la ciudad de Amberes, abierta al mundo con su concurrido puerto y sus calles amplias y limpias, debió de impresionar a quien venía de un Londres cerrado, laberíntico y sucio. Cabe pensar que Amberes fue el punto de partida de su ciudad ideal, la ciudad de Amauroto (de fonética parecida) que se encuentra situada en el centro de la isla. De hecho, la descripción de las casas y de los huertos familiares recuerdan pinturas flamencas.

Lo más simpático de la obra es quizás el sentido del humor de Moro para hacer guiños a los eruditos frente a los crédulos dando a entender que lo que cuenta es imaginario y al mismo tiempo poniéndose a cubierto de las represalias que le podían acarrear las críticas solapadas de la Inglaterra real. El mismo nombre de la isla es un neologismo creado a partir del prefijo negativo griego «u» y del término igualmente griego «topos» («lugar»). Literalmente «Utopía» significa «lo que no existe en ningún lugar», lo mismo que ratifica el nombre de su imaginario rey Utopo. El presunto marino que relata las maravillas de la ciudad se llama Hitlodeo, neologismo creado también a partir del griego y que vendría a significar «bromista» o incluso «loco». Este aspecto encubierto de broma o de locura fue muy bien visto por John Ruskin cuando en un comentario sobre la obra de Moro en 1870 señala: «¡Qué libro tan infinitamente sabio e infinitamente disparatado es! Cuerdo y sensato es todo lo que pide y, al mismo tiempo, loco en aventurarse a pedirlo, transformando así para siempre su propia sabiduría en locura y desatino. Logra ser tal vez el libro realmente más travieso y bromista que se haya escrito, con excepción del Quijote.»

Precisamente este elemento irónico es el que establece un puente entre la UTOPÍA de Moro y el *Elogio de la locura* de Erasmo. Esta última obra, que Erasmo redactó para Moro tratando de distraerle durante una enfermedad, es una sátira al modo de las de Luciano de Samosata, donde ninguna clase social se libra de sus aceradas invectivas. De manera especial se ensaña contra el orgullo y la ciencia ilusoria de los teólogos, contra la ignorancia y las supersticiones de los monjes, contra el fasto de los obispos y contra la corrupción y la política tortuosa de los papas. Todo ello en un tono de broma distendida como el que usa Moro en la UTOPÍA cuando llama al río que pasa por la imaginaria ciudad Anhidro («sin agua») y al jefe Ademo («sin pueblo»). Estas salvaguardas dirigidas a un lector que supiera griego le permiten dar un aire de verosimilitud al relato del marinero: las circunstancias en que lo conoció, quién se lo presentó y dónde le habló de Utopía, el presunto reino que conoció en sus viajes con Vespuccio. En última instancia lo que importa de Utopía no es su existencia real sino el deseo de hacerla viable convirtiendo su organización en modelo de las sociedades por reformar.

La UTOPÍA es una obra curiosa en la que se combinan una aguda crítica a las condiciones sociales y económicas contemporáneas, y una idealización de la vida moral sencilla que estaba apenas en armonía con el espíritu mundano de la época. Moro plasma en ella su gusto por la concordia familiar y por una vida sencilla, como la que había logrado vivir en su casa de Chelsea, rodeado de animales y de libros. Aunque no conoció *El príncipe* de Maquiavelo, su libro iba en parte dirigido contra la idea del arte de gobernar presentaba en esta obra. También era un alegato contra el espíritu de explotación comercial. En esos aspectos era una postura «conservadora», contraria a lo que Max Weber ha llamado «el espíritu del capitalismo». No en vano y pese a su aceptación de las críticas dirigidas contra la corrupción del papado, se opuso al reformismo protestante luterano y a lo que sería el calvinismo. Sin embargo, como veremos, Moro anticipó algunas ideas que reaparecen en el socialismo moderno.

En el libro de la UTOPÍA ataca el autor la destrucción del antiguo sistema agrícola por la posesión exclusiva de la tierra en manos de propietarios ricos y ansiosos de más riqueza. El deseo de ganancia rápida conduce a dedicar la tierra al cultivo de pastos para que puedan criarse ganados en gran escala y venderse su lana en los mercados extranjeros. Ésta fue precisamente la política de los Reyes Católicos ordenando la demolición de las vallas que amparaban los cultivos tradicionales para que pudieran pastar los ganados favoreciendo a la asociación de ganaderos llamada Mesta. Esta política tenía, además, consecuencias sociales. Al sustituir la aristocracia terrateniente los cultivos de cereales por pastos de carneros, los campesinos eran expulsados de las casas de labranza y de las masías, viéndose obligados a mendigar y a robar. La situación llegaría a tal extremo que luego la reina Isabel penalizó fuertemente la mendicidad que terminó asimilándose al atraco. Toda esa codicia de beneficios y la correspondiente concentración de la riqueza en manos de unos pocos condujo a la aparición de una clase indigente. Moro parte, así, de la necesidad de asegurar el trabajo para todos, si no por moral y por justicia al menos por el interés de mantener la paz social y el respeto a la persona.

El mayor problema es la desatención de los gobiernos monárquicos, interesados exclusivamente por la guerra y la diplomacia para ampliar sus territorios. La guerra exige impuestos agotadores y cuando ésta ha acabado los supervivientes no pueden ser recogidos por una comunidad empobrecida y rota. Por ello, el gobierno de las monarquías absolutas agrava los males sociales.

En contraste con una sociedad adquisitiva basada en el afán de poseer riqueza y dominar al otro, Moro presenta una sociedad con una economía basada en la agricultura, cuya unidad es la familia y el cariño mutuo dentro de este núcleo social. En esta sociedad, los utópicos carecen de bienes privados, pero tienen todas sus necesidades cubiertas, por lo que el dinero carece de valor de cambio. Lo mismo sucede con los minerales preciosos como el oro y la plata, utilizados aquí sólo para la fabricación de objetos. Las tierras son cultivadas mediante turnos de habitantes, todos los cuales conocen a la perfección las faenas del campo. Luego, cada individuo tiene su propio oficio según sus gustos y aptitudes. Los sifograntos son unos magistrados encargados de vigilar el trabajo de todos.

Esto no quiere decir que en Utopía reine la incultura y el analfabetismo. Los utópicos sólo trabajan seis horas diarias y dedican el resto del día a las letras o a la diversión. Los trabajos más difíciles y onerosos son ejercidos por un grupo de esclavos compuesto por criminales juzgados y condenados y por cautivos de guerra. Toda la cultura de los utópicos gira en torno a la utilidad común a la que los ciudadanos subordinan su interés particular. Se interesan poco por la lógica pero cultivan las ciencias positivas y la filosofía. Completan los conocimientos racionales con los principios de la religión, reconociendo que la razón humana no puede conducir por sí sola al hombre a la auténtica felicidad. Los principios que reconocen propios de la religión son: la inmortalidad del alma, destinada por Dios a ser feliz, y el premio o el castigo después de la muerte, según la conducta observada en esta vida. Aunque estos principios derivan de la religión, los utópicos consideran que se puede creer en ellos basándose en razones y fundamentos humanos.

Siguiendo una filosofía como la de Hobbes, los utópicos piensan que la única guía natural del hombre es el placer y que en esta guía se basa el sentimiento de solidaridad humana. De hecho, el hombre no tendería a ayudar a otros hombres y a evitarles el dolor si no considerara que el placer es un bien para los otros. Pero lo que es un bien para los otros es igualmente un bien para sí mismo; y en realidad el placer es el objeto que la naturaleza ha asignado al hombre.

Sin embargo, la característica principal de los utópicos es la tolerancia religiosa. Todos reconocen la existencia de un Dios creador del universo y autor de su orden providencial. Pero cada utópico lo concibe y lo venera a su modo. La fe cristiana coexiste con las otras, y tan sólo se condena y queda excluida la intolerancia de quien condena o amenaza a los secuaces de una confesión religiosa diferente. Cada utópico puede intentar convencer a otro sin violencia y sin injuria; nadie puede violar la libertad religiosa de los demás. Los utópicos consideran que a Dios le agrada un culto diverso y diferente. Por eso admiten que cada cual siga el que prefiera. Tan sólo se prohíbe la doctrina que niega la inmortalidad del alma y la providencia divina. Pero quien la profesa no es castigado, sino tan sólo se le impide difundir su creencia. La república de Utopía es, por ello, un estado conforme a la razón, donde los mismos principios de la religión son los que la razón puede defender y hacer valer. Lo único que no tiene cabida en Utopía es la intolerancia. Esta postura de Moro viene a coincidir con la de su amigo Erasmo, defensor de un cristianismo puramente racional y natural, sin complicaciones de dogmas suprarracionales, con una piedad elemental, sin ceremonias de culto, sin sacramentos ni jerarquías, sin ayunos ni austeridades molestas, en que podían entrar en plano de igualdad la doctrina de Jesús, reducida a un moralismo general, con las enseñanzas de los filósofos griegos y los poetas no cristianos. En suma, una teología cristiana carente de silogismos, formalismos y especulaciones estériles, que podría coincidir con las enseñanzas de Platón, de Séneca o Cicerón. En conclusión, una reducción del corpus dogmático al mínimo contribuiría a eliminar herejías y heterodoxias sobre aspectos secundarios que no afectan a la esencia de la fe. Esto se traduciría en una extraordinaria paz social, semejante a la que disfrutan los utópicos.

Se ha dicho a veces que Moro fue el primero en proclamar el ideal de tolerancia religiosa, pero debe recordarse que al delinear la UTOPÍA prescindió de la revelación cristiana y sólo tuvo en cuenta la religión natural. Opiniones y convicciones diferentes debían ser toleradas, en general, y las luchas teológicas serían prohibidas. Pero quienes negasen la existencia de Dios y su providencia, la inmortalidad del alma y las sanciones en la vida futura serían privados de la capacidad de desempeñar cargos públicos y se les consideraría como seres infrahumanos. ¡Tan convencido estaba Moro de que todo ser razonable debe necesariamente creer en tales dogmas! Las verdades de la religión natural y de la moral natural no podían ponerse en tela de juicio, cualquiera que fuese la opinión privada que un hombre pudiera tener acerca de ellas, ya que la salud del Estado y de la sociedad dependen de su aceptación. Es indudable que Moro veía con horror las guerras de religión pero no era tampoco el tipo de hombre que afirma que lo que uno cree es un asunto indiferente. Asombra, eso sí, su fe ciega en la demostrabilidad racional de la providencia y de la inmortalidad siendo así que numerosas religiones las niegan, al igual que ilustres escritores clásicos y modernos, empezando por su admirado Luciano en los diálogos de los muertos. La fe en la resurrección de Jesús es, según Pablo de Tarso, la pieza clave del dogma cristiano, pues es la base de la creencia en nuestra propia resurrección, algo tan contrario a la experiencia y al sentido común. ¿Estaba realmente Moro convencido de la «racionalidad» de la creencia en la inmortalidad? ¿Consideraba, más bien, que la creencia en premios y castigos ultramundanos es un excelente mecanismo de control social y, por ello, una creencia útil, que salvaguarda la paz social? El lector de la UTOPÍA podría inclinarse por esta segunda alternativa sin descomponer la esencia de la argumentación del autor.

Moro no gustaba de la disociación entre política y moral. De ahí su antimaquiavelismo inconsciente. Habla muy mordazmente de los políticos que peroran a gritos sobre el bien público mientras andan siempre buscando sus propias ventajas. Algunas de sus ideas, las relativas al código penal, por ejemplo, son extraordinariamente sensatas, y en sus ideales de seguridad para todos y de tolerancia razonable se adelantó mucho a su tiempo. Pero aunque sus ideas políticas fuesen en muchos aspectos ilustradas y prácticas, en algunos otros aspectos pueden considerarse como una idealización de una sociedad cooperativa del pasado. Las fuerzas y tendencias contra las que protestaba no iban a ser detenidas en su desarrollo por ninguna Utopía. El gran humanista cristiano se hallaba en el umbral de un desarrollo capitalista que tenía que recorrer su propio camino. Pero, a su debido tiempo, algunos de sus ideales, al menos, se habrían cumplido.

Moro no se plantea el problema de si, una vez eliminada la propiedad privada, los individuos seguirían motivados al trabajo y, en caso negativo, qué mecanismos sustitutorios de estimulación habría que introducir. Tampoco aclara cómo los individuos aceptan que se conceda el mismo rango a sus doctrinas y a las opuestas, ya que, a sus ojos, esto equivaldría a conceder el mismo valor a la verdad y al error. Es cuestionable que una religión se mantenga sin ritos públicos y sin que sea compartida por un grupo considerable de personas, pues sólo así se fortalece la fe en la conciencia del individuo y se configura la autoidentidad de éste. La obra deja abiertos muchos interrogantes, pero es el lector quien debe plantearlos para que su lectura se haga más amena y provechosa. El tono tan poco dogmático con que está escrita hace que se considere una propuesta a debatir a la luz de la sensatez y del sentido común.

Pronto se hizo popular la UTOPÍA de Moro y cuando el latín dejó de ser una lengua conocida por toda persona culta, se tradujo al alemán, al francés, al inglés y al italiano. La traducción española hubo de esperar hasta que Antonio de Medinilla y Porres, Justicia Mayor de Córdoba, la llevara a cabo en 1637. Sólo tradujo el segundo libro, pero en compensación la edición incluía una «Noticia, recomendación y juicio» de Quevedo, que también

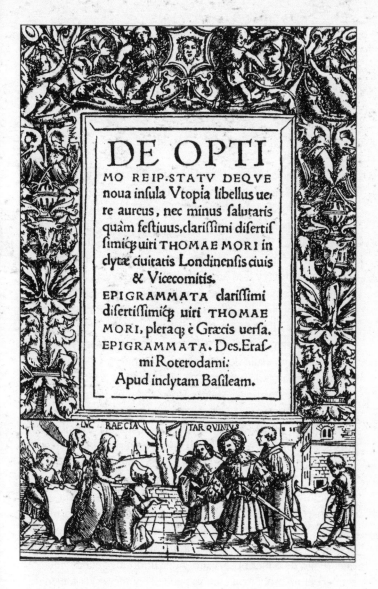

DE OPTI
MO REIP.STATV DEQVE
noua insula Vtopia libellus uere
re aureus, nec minus salutaris
quàm festiuus,clarissimi disertis
simicȝ uiri THOMAE MORI in
clytæ ciuitatis Londinensis ciuis
& Vicecomitis.

EPIGRAMMATA clarissimi
disertissimicȝ uiri THOMAE
MORI, pleraqȝ è Græcis uersa.
EPIGRAMMATA. Des.Erasmi Roterodami:
Apud inclytam Basileam.

LVC RAECIA   TAR QVINVS

*Portada de Utopía, impresa por Juan Froben en Basilea
(edición de 1518).*

se incorpora a la presente edición, donde el autor del Buscón hace un encendido elogio de Moro y se atribuye el mérito de promover su traducción al castellano. Ramón Esquerra, Agustín Millares y Ramón Pin ofrecieron en el siglo XX meritorias versiones, los dos primeros al castellano, el último al catalán.

La «Utopía» en filosofía

Después de Moro, el término «utopía» se ha aplicado, por extensión, no sólo a toda tentativa análoga, anterior o posterior, como la República de Platón o la Ciudad del sol de Campanella, sino también en general a todo ideal político, social o religioso de difícil o imposible realización. Como género literario, la utopía cae fuera de la consideración filosófica; basta aquí observar que estuvo y está aún muy difundida en esta forma, y que su última encarnación son las novelas de fantasía científica, como indicaba al principio de este prólogo. Problema filosófico, en cambio, es la valoración de la utopía, ya se exprese en forma novelesca, de mito o de fantasía, etc., y acerca de esta valoración los filósofos no están de acuerdo. Así, Augusto Comte confió a la utopía la tarea de mejorar las instituciones políticas y desarrollar ideas científicas. Marx y Engels, por el contrario, condenaron como «utópicas» (en el sentido de ideales, de no basadas en la ciencia sino en vagos deseos moralistas) las versiones del socialismo anteriores al comunismo o materialismo dialéctico. Socialismo utópico sería el de Saint-Simon, el de Fourier y el de Proudhon, frente al socialismo «científico» que prevé la transformación necesaria del sistema capitalista en sistema comunista, pero excluye cualquier previsión acerca de la forma que adoptará la sociedad futura y cualquier programa para ella. En el mismo sentido, Sorel opuso a la «utopía», «obra de teóricos que, luego de haber observado y discutido los hechos, intentan establecer un modelo al cual se pueden comparar las sociedades existentes para medir el bien y el mal que encierran», el mito que, en cambio, es la expresión de un grupo social que se prepara para la revolución. Mannheim, por el contrario, ha considerado que la utopía está destinada a realizarse, en oposición a la ideología que nunca lo hará. En esta perspectiva, la utopía se hallaría en la base de toda renovación social.

En general, se puede decir que la utopía representa una corrección o una integración ideal de una situación política, social o religiosa existente. Esta corrección puede permanecer, como ha ocurrido y ocurre a menudo, en el estado de simple aspiración o sueño genérico, disolviéndose en una especie de evasión de la realidad vivida. Pero puede también suceder que la utopía resulte una fuerza de transformación de la realidad en acto y adquiera bastante cuerpo y consistencia para transformarse en auténtica voluntad innovadora y encontrar los medios de la innovación. Por lo común, la palabra se entiende más con referencia a la primera posibilidad que a la segunda. A pesar de todo esta última tampoco se puede excluir, por más que cuando se verifica, la utopía debe reivindicar para sí el nombre de ideología o de idea.

Quiero, además, aclarar un matiz semántico de interés. Como he dicho, utopía, literalmente, significa «lo que no está en ninguna parte». Pero como lo que no está en ninguna parte no se halla tampoco en ningún tiempo, la utopía («sin lugar») es equivalente a la ucronía («sin tiempo»), sobre todo cuando el tiempo se refiere a la historia. Para Renouvier, ucronía designa un tipo de consideración histórico-filosófica relativa a un pasado supuesto, no totalmente inventado, sino desviado de su curso efectivo por algunos acontecimientos no transcurridos, pero que hubieran podido acontecer. La ucronía es, por tanto, lo que hubiera pasado si... y supone la posibilidad de un cambio radical de la historia por la más ligera desviación de su curso conocido en un momento determinado. Así, el propio Renouvier ha tratado desde el punto de vista ucrónico la historia de Europa y del Próximo Oriente, en el caso de que el cristianismo, por una serie de disposiciones romanas, no hubiera podido penetrar en Occidente, quedándose confinado en Oriente y siguiendo allí su evolución interna. La crítica del cristianismo orientalizado supone en su obra un elogio de la moral de Occidente, tal como quedó prefigurada en la Antigüedad pagana, principalmente en el estoicismo, y tal como supone que se desarrolló en una zona territorial no sometida a la influencia de la teocracia. En la Ucronía se opone «la ley moral, fundamento de la ley civil» a la antimoral o a la ultramoral propias de Oriente, que supone teocratizado o tiranizado.

Volviendo al término «utopía», hay en su significado y en su uso una tensión que no podemos soslayar: utópico es un ideal irrealizable, pero también deseable, por lo que parece que se está haciendo referencia a la frustración de un deseo. Este ideal suele referirse a una sociedad humana que se coloca en un futuro indeterminado y a la cual se dota mentalmente de toda suerte de perfecciones. Como tal sociedad funciona, por así decirlo, en el vacío, esto es, carece de resistencias reales, todos los problemas quedan en ella solucionados automáticamente.

En el primer apartado veíamos muchos ejemplos de estas utopías, a las que me gustaría añadir las *Noticias de ninguna parte* de William Morris y *Una utopía moderna* de H. G. Wells. Todas las utopías (las renacentistas y las contemporáneas) son muy distintas entre sí. Pero todas tienen algo en común, todas ofrecen un común denominador: el presentar una sociedad completa, con todos sus detalles, y casi siempre cerrada, en el sentido de que (a causa de su supuesta perfección) no es ya susceptible de progreso. Observe el lector cómo, a comienzos del segundo libro, Moro se detiene a describirnos la isla de Utopía para hacernos ver su carácter inaccesible para el no nativo. El fundador de esa cultura mandó cortar el istmo que le unía a tierra firme y el territorio de Utopía quedó convertido en una isla que permitió la conservación de su organización social sin contaminaciones exteriores.

Por otra parte, no hay que creer que los autores de este tipo de obras suponen la posibilidad de realización de sus respectivas utopías. La mayor parte de ellos saben que son en principio irrealizables. Pero les mueve el deseo de criticar la sociedad de su época y el deseo de mejorarla. El motivo principal de las utopías es, pues, la voluntad de reformar. En este aspecto cabe decir que las utopías son revolucionarias, aunque hay que tener en cuenta que la revolución que pretenden introducir en la sociedad está destinada casi siempre a que se constituya una comunidad humana donde no sea ya posible ninguna revolución.

Se ha criticado con frecuencia el llamado «espíritu utópico», al cual se ha calificado de ciego para las realidades humanas. En efecto, el pensamiento utópico se basa en gran parte en el olvido de ciertos aspectos de la realidad humana que son reacios a entrar, por principio, en el hueco de ninguna utopía. Sin embargo, hay que tener presente que la utopía no es totalmente inoperante. En algunas ocasiones el pensamiento utópico crea ciertas condiciones que se convierten en realidades sociales. En su acción concreta, pues, el pensamiento utópico no es siempre quimérico e inútil. Ello se debe a que las teorías sobre realidades humanas pueden modificar semejantes realidades y, por lo tanto, no se encuentran siempre totalmente al margen de la realidad concreta de la sociedad.

NOTICIA, JUICIO Y RECOMENDACIÓN DE LA UTOPÍA Y DE TOMÁS MORO

Por Don Francisco de Quevedo Villegas,
Caballero del Hábito de San Jacobo,
Señor de las Villas de Cetina y la Torre Juan Abad

La vida mortal de Tomás Moro escribió en nuestra habla Fernando de Herrera, varón docto y de juicio severo; su segunda vida escribió con su sangre su muerte, coronada de victorioso martirio. Fue su ingenio admirable, su erudición rara, su constancia santa, su vida exemplar, su muerte gloriosa, docto en la lengua latina y griega. Celebráronle en su tiempo Erasmo de *Roteradam* y Guillelmo Budeo, como se lee en dos cartas suyas, impresas en el texto desta obra. Llamola Utopía, voz griega, cuyo significado es no hay tal lugar. Vivió en tiempo y reino que le fue forzoso para reprender el gobierno que padecía, fingir el conveniente.

Yo me persuado que fabricó aquella política contra la tiranía de Inglaterra, y por eso hizo isla su idea, y juntamente reprehendió los desórdenes de los más Príncipes de su edad. Fuérame fácil verificar esta opinión; empero no es difícil que quien leyere este libro la verifique con esta advertencia mía: quien dice que se ha de hacer lo que nadie hace, a todos los reprende; esto hizo por satisfacer su celo nuestro autor. Hurto son de cláusulas de la Utopía los más repúblicos Raguallos del Bocalino; precioso caudal es el que obligó a que fuese ladrón a tan grande autor.

No han faltado lectores de buen seso que han leído con ceño algunas proposiciones deste libro, juzgando que su libertad no pisaba segura los umbrales de la Religión; siendo así que ningunas son más vasallas de la Iglesia Católica que aquellas, entendida su mente, que piadosa se encaminó a la contradicción de las novedades, que en su patria nacieron robustas, para tan llorosos fines. Escribió aquella alma esclarecida, con espíritu de tan larga vista, que (como yo mostré en mi Carta al Rey Cristianísimo) antevió los sucesos presentes, asistiendo con saludable consejo a las cabezas de los tumultos.

El libro es corto; mas para atenderle como merece, ninguna vida será larga. Escribió poco y dijo mucho. Si los que gobiernan le obedecen, y los que obedecen se gobiernan por él, ni á aquellos será carga, ni a éstos cuidado.

Por esto viendo yo a don Jerónimo Antonio de Medinilla y Porres, que le llevaba por compañía en los caminos, y le tenía por tarea en las pocas horas que le dejaba descansar la obligación de su gobierno de Montiel, le importuné a que hiciese esta traducción; asegurándome el acierto della lo cuidadoso de su estilo, y sin afectación, y las noticias políticas que con larga lección ha adquirido, ejecutándolas en cuanto del servicio de su majestad se le ha ordenado; y con gran providencia y desinterés, en el gobierno que tuvo destos partidos.

Quien fuere tan liberal que en parte quiera pagar algo de lo que se debe a la santa memoria de Tomás Moro, lea (en la *Scelta di Lettere* de Bartolomé Zucchi de Monza) la carta que escribió el Cardenal de Capua a monseñor Marino, Cardenal y gobernador de Milán, y verá cuántos méritos tuvo su muerte para canonizar las alabanzas de su vida y de su doctrina. En la Torre de Juan Abad, 28 de setiembre de 1637.

Libro áureo, no menos saludable que festivo,
de la mejor de las Repúblicas y de la nueva isla de

UTOPÍA

por el insigne
TOMÁS MORO,

ciudadano y vice-sheriff de la ínclita ciudad
de Londres

Tomás Moro a Pedro Egidio

Casi me avergüenzo, carísimo Pedro Egidio, de remitirte ahora, después de más de un año, este libro de la República de Utopía, cuando a no dudar lo esperabas seis ha. Y no me sorprende, pues ya sabías que no había en ello trabajo alguno de invención, ni preocupación respecto de su disposición, puesto que no había de hacer otra cosa que exponer y relatar lo que junto contigo oí narrar a Rafael. No había tampoco por qué tratar elocuentemente la materia, puesto que sus palabras no podían ser exquisitas, ya que eran espontáneas e impremeditadas, y procedían además de un hombre que, como no ignoras, sabe más griego que latín, y mi exposición debe aproximarse a su sencilla y descuidada simplicidad, lo cual debe constituir y constituye mi única preocupación.

Confieso, amigo Pedro, que, aligerado de mucho trabajo por talas causas, apenas si quedaba ya nada para mí. Como ambos creemos, la invención y economía de la obra podían haber atraído el tiempo y el estudio de un hombre docto e ingenioso. Mas si se exigiera que la materia debía ser escrita con elocuencia y no sólo con exactitud, no hubiera podido prestarle ningún tiempo ni estudio. Mas ahora, descargado de talas cuidados, en los que hubiera gustado tantos sudores, restaba tan poco que no constituía problema exponer simplemente lo que oyera. Pero también al resolverlo, mis restantes ocupaciones no me dejaban tiempo para ello.

Mientras asiduamente defiendo causas forenses, o las oigo, o actúo como árbitro, o las dirimo como juez; mientras visito a éste por cuestiones del oficio, a aquél por amistad; mientras dedico casi todo mi tiempo a ocuparme de los demás, y el que sobra a ocuparme de los míos, ya no me queda tiempo para mí, para las letras.

Puesto que, al volver a casa, he de hablar con mi esposa, charlar con los hijos, conversar con los criados. Pues yo cuento esto entre mis negocios, ya que lo considero necesario (pues lo es, a menos que quieras ser un extraño en tu propia casa), y todos estamos obligados a hacernos tan agradables como sea posible a aquellos que la naturaleza, la casualidad o la elección hizo compañeros nuestros, sin que por ello los corrompamos con nuestra amabilidad y gentileza, haciendo de los criados nuestros amos.

En lo que acabo de relatarte transcurren los días, los meses y los años. ¿Cuándo, pues, podré escribir? Pues no te hablé ni del sueño ni de las comidas, que consumen no menos tiempo que el mismo sueño y constituyen ciertamente la mitad de la vida. En cuanto a mí, sólo dispongo del tiempo que robo al sueño y a la comida, el cual, aunque poco, me ha permitido escribir lentamente UTOPÍA y enviártela a ti, Pedro, para que la leyeres, para que si algo se hubiese pasado por alto te sirvas advertírmelo. Porque aunque en esto no temo haber fallado (ya que tengo algo de ciencia e ingenio y quisiera que igualase a mi memoria), no confío tanto en ello que no crea que fuera posible que me sucediese.

Pues John Clement, mi paje, que, como sabes, estaba con nosotros, ya que le permito que asista a toda entrevista de que pueda sacar algún fruto, de quien estoy muy satisfecho por los rápidos progresos que hace en latín y en griego, y del que espero sacar magníficos resultados, me ha ocasionado grandes dudas. Pues mientras yo, a lo que recuerdo, pienso que Hytlodeo nos contó que aquel puente amaurótico que atraviesa el Anhidro tenía quinientos pasos de largo, mi John dice que debo sustraerle doscientos, ya que allí la anchura del río es de trescientos pasos. Te ruego, pues, que mires si ello es cierto, puesto que si opinas como él, creeré que me he equivocado. Mas si no lo recuerdas, dejaré las cosas tal como me las dictó mi memoria, ya que procuré con gran cuidado que no hubiera falsedades en mi libro, de manera que si algo hubiere de quedar ambiguo, prefiero contar una mentira que decirla, y ser bueno que ser prudente.

Fuera facilísimo remediar tales defectos si pudieras saberlo ahora del mismo Rafael, si está aún con vosotros, o, en otro caso, por cartas, lo que precisa que hagas también respecto a otro escrúpulo que tengo, no sé si por culpa tuya, mía o de Rafael. Pues no me viene a la memoria, y no sé si él nos lo dijo, en qué parte de aquel nuevo mundo está situada Utopía. Y daría, para que no se nos hubiese escapado, una buena suma sacada de mi mediocre peculio, tanto porque me avergüenzo de no saber en qué mar se halla una isla sobre la cual he escrito largamente, como porque hay entre nosotros varias personas que desean ir a Utopía, y sobre todo uno, varón pío y teólogo de profesión, y éste no por la vana oficiosidad, sino para que nuestra religión, allí felizmente establecida, crezca y se propague. Y para mejor cumplir y realizar este buen intento se propone solicitar del Papa que le envíe allí en misión, haciéndole Obispo de Utopía, no dudando que le será otorgado lo que pide, pues no le mueve el deseo de honor y de lucro, sino un piadoso celo.

Te ruego, pues, nuevamente, amigo Pedro, que, si puedes personalmente, o, si se halla ausente, por carta, hables con Hytlodeo, a fin de que no haya en mi obra ninguna falsedad ni falle nada de lo verdadero. Y aun quisiera que le mostrases el presente libro, porque si olvidé algo o fallé en algún punto, nadie como él podrá corregirlo y enmendarlo, y no podrá hacerlo a menos que pueda leer mi libro. Además, procura que te diga si me permite publicar este libro, pues si desea poner por escrito sus propios viajes y trabajos, no quisiera yo que al divulgar mi República de los utópicos privara a la historia de su gracia y novedad.

A decirte verdad, no estoy aún bien decidido a editar el libro, ya que son tan diversos los gustos de los mortales, tan varias las inteligencias, tan ingratos los ánimos, tan absurdos los juicios, que prefieren llevar una vida alegre dominada por el placer que molestarse en las preocupaciones y el estudio de algo que pueda ser a la vez provecho y placer para otros. La mayor parte ignora las letras, muchos las desprecian. El bárbaro y rudo sólo apreciará lo netamente bárbaro. Otros hay que, teniendo una poca ciencia, desprecian como vulgar todo lo que no anda lleno de palabras arcaicas. Algunos sólo se complacen en las cosas antiguas, y la mayoría solamente en sus propias cosas. Éste es tan tétrico que no admite chanzas; aquél tan insulso que no sufre las agudezas, que le sientan como el agua al perro rabioso. Otros son tan ligeros que jamás concretan su opinión. Y otros aún siéntanse en las tabernas y juzgan entre los jarros el ingenio de los escritores y condenan con gran autoridad lo que no les agrada, quedando ellos fuera de tiro, ya que jamás publicaron nada. Los hay también tan ingratos que, aunque se deleitaron con la obra, no por eso aman más al autor; semejantes a los huéspedes desagradecidos, que, después de haberse hartado en un opíparo convite, abandonan la casa sin dar las gracias al anfitrión. ¡Gasta, pues, lo tuyo para hombres de paladar tan delicado y gustos tan varios y propensos a ser desagradecidos!

Pero aun así, amigo Pedro, obra con Hytlodeo como te dije y consúltale. Después, según lo que diga, veré si he de publicar el libro que tanto trabajo me ha costado, siguiendo el consejo de los amigos y especialmente el tuyo. Salud, queridísimo Pedro Egidio, y a tu buenísima esposa. Quiéreme como sueles. Yo, acaso, te aprecio más que de costumbre.

LIBRO PRIMERO

Discurso del excelso varón
RAFAEL HYTLODEO

sobre la mejor de las Repúblicas, por el muy ilustre
TOMÁS MORO,
ciudadano y vice-sheriff de la ínclita ciudad de
Londres en la Gran Bretaña

Hallándose en desavenencia el invicto rey de Inglaterra Enrique, octavo de su nombre, príncipe dotado de todas las virtudes, con el serenísimo príncipe de Castilla, Carlos, envíome como en embajada a Flandes, para tratar del negocio y conciliar las divergencias, en compañía del incomparable Cuthbert Tunstall, a quien el rey acababa de nombrar Guardián de los Rollos[1] con gran aplauso de todos. No he de hacer aquí su elogio. Y no por temor de que mi amistad hacia él haga parcial mi testimonio, sino porque su virtud y su ciencia son demasiado grandes para que me corresponda alabarlas. Son sus méritos tan conocidos y brillantes, que hacerlo semejaría que yo quisiera «mostrar el Sol con una linterna»[2].

Encontramos en Brujas, tal como se había convenido, a los que representaban al príncipe en aquella circunstancia. Eran todos ellos hombres eminentes. El jefe y cabeza de esta delegación era el gobernador de Brujas, personaje magnífico; Jorge Temsicio, Margrave de Cassel, era su corazón y su boca; y su elocuencia era debida menos al arte que a la naturaleza. Jurisconsulto notable, era excelente diplomático por su inteligencia y su experiencia profunda de los negocios.

Tuvimos dos entrevistas y subsistió el desacuerdo. Ellos se marcharon a Bruselas, a fin de recibir instrucciones de su príncipe. Yo, mientras tanto, aprovechando la ocasión, me fui a Amberes.

Mientras estuve allí, recibí varias visitas, pero ninguna más

---

[1] El cargo inglés de *Master of the Rolls* llevaba consigo en el siglo XVI la misión de suplir al Canciller en sus funciones jurisdiccionales. En la actualidad subsiste aún en Inglaterra, donde expresa una alta categoría judicial.

[2] El proverbio está inspirado en uno de los *Adagios* de Erasmo, que dice así: «lucernam adhibere in meridie» (*Adagio* 1629, p. 12 b).

agradable que las que me hizo Pedro Egidio[3], natural de Amberes, hombre integrísimo, muy considerado entre los suyos y digno aún de mayor consideración. No conozco joven más sabio ni más delicado que él. Es a la vez virtuosísimo y extremadamente culto. Da pruebas de una tan grande abnegación, de un amor, de una fidelidad, de un afecto tan grandes hacia sus amigos, que difícilmente hallaría personas a quien compararlo. Posee una rara modestia; nadie como él aborrece la hipocresía, y en nadie tampoco se hermana como en él la sencillez con la prudencia. Además, su compañía amable, su alegre afabilidad hicieron que su trato y su conversación endulzaran la tristeza que yo sentía al hallarme lejos de mi patria, de mi casa, de mi esposa y de mis hijos, y calmaran, en parte, el deseo de volver a encontrarlos después de una ausencia de cuatro meses.

Un día, al salir de la bellísima y muy concurrida iglesia de la Virgen María, donde había asistido a los divinos Oficios, y cuando me disponía a regresar a mi posada, divisé por casualidad a mi Pedro Egidio en intenso coloquio con un desconocido, de edad avanzada, tez oscura, barba crecida y capa terciada negligentemente al hombro, por todo lo cual juzgué que se trataba de un marino.

Al verme, Pedro se acercó a mí y me saludó. Iba yo a responderle cuando, llevándome aparte, me dijo, mostrándome el hombre con quien le había visto hablar:

—¿Veis ese hombre? Pues pensaba llevarlo directamente a vuestra casa.

—Hubiera sido —le respondí— bien recibido a causa vuestra.

—Diríais que por sí mismo, si le conocierais. Nadie como él, entre los vivientes, podrá hablaros de tierras y hombres incógnitos. Y conozco vuestra infinita curiosidad por tales cuestiones.

---

[3] Peter Guilles o Aegidius (1486?-1533) fue uno de los humanistas menores que se movieron en torno de Erasmo. Éste había dirigido sus estudios y mantuvo con él estrecha amistad, dedicándole con motivo de sus nupcias el Epitalamio que figura en los *Coloquios*. Fue también gran amigo de Moro, a quien apreciaba mucho. Del concepto en que éste lo tenía dan fe las líneas que siguen.

—No pensé mal —le respondí—, porque a primera vista le juzgué marino.

—Aquí os equivocasteis —me contestó—. Ha navegado, ciertamente, mas no como Palinuro,[4] sino como Ulises y aun como Platón.

»Este Rafael, cuyo apellido es Hytlodeo,[5] conoce la lengua latina y es doctísimo en la griega. Es mejor helenista que latinista porque se dedicó al estudio de la Filosofía, en la cual los latinos no han producido nada de importancia, excepto algunos escritos de Séneca y de Cicerón.

»Abandonó a sus hermanos la hacienda que tenía en su país —pues es portugués— y se unió a Américo Vespuccio llevado de su afición a conocer el mundo. Fue constante compañero de aquél en tres de sus cuatro viajes, cuya relación se lee ya por todas partes[6]. Pero no volvió con él de su última expedición. Américo, al llegar al límite extremo de su navegación, dejó en un fortín a veinticuatro de sus compañeros, e Hytlodeo obtuvo de Vespucio la autorización de estarse con ellos. Quedóse, pues, allí pudiendo más su amor a las aventuras que la preocupación de su última morada. Tiene siempre en los labios esta máxima: "El Cielo cubrirá a quien carezca de sepultura"[7]. Y esta otra: "Todos los caminos conducen hacia los dioses"[8]. Semejante manera de pensar hu-

---

[4] El piloto de Eneas (Virgilio, *Eneida,* III, 202).

[5] El apellido del viajero deriva de υθλοσ, «charla vana» y δαιεω, «distribuir». Significa algo así como «narrador de cuentos vanos». El nombre Rafael es, según algunos comentaristas (Lupton entre ellos), homenaje al geógrafo Rafael de Volaterra, cuyos *Comentarii Urbani* habían sido impresos en 1511.

[6] La relación de los viajes de Vespucio habíase publicado en 1507 y alcanzó tan grande éxito que eclipsó en la memoria de las gentes el nombre del descubridor, y así el continente recién descubierto fue llamado América y no Colombia.
En la obra de Vespucio háblase de salvajes que no daban valor alguno al oro ni a las perlas. El episodio debió de gustar a Moro y le sirvió de modelo para sus utópicos, despreciadores de las riquezas.

[7] Está tomada de la *Farsalia* de Lucano (VII, 819).

[8] Es adaptación del dicho de Anaxágoras de Clazomenae, citado por Cicerón en sus *Tusculanas* (I, 104): *Nihil necesse est undique enim ad inferos tantundem viae est.*

biérale podido costar cara si un dios benévolo no lo hubiese protegido siempre.

»Luego que Américo hubo partido, Hytlodeo exploró diversas regiones, acompañado de cinco de sus compañeros del fortín. Con fortuna portentosa desembarcó en Taprobana[9] y de allí marchó a Calicut[10], donde halló, muy a propósito, naves portuguesas que, contra toda previsión, lo llevaron a su patria.»

Cuando Pedro me hubo explicado todo esto, dile gracias por haberme conseguido, tan amablemente, un coloquio con semejante hombre —coloquio que tan útil y agradable había de serme—, y me volví hacia Rafael. Nos saludamos mutuamente y dijimos aquellas cosas que suelen decirse al trabar conocimiento. Después fuimos a mi casa, y allí, en el jardín, sentados en un banco cubierto de musgo, platicamos juntos.

Rafael nos contó cómo, después de la partida de Vespucio, él, con los compañeros que quedaron en el fortín, consiguió ganar poco a poco, con suavidad y gentiles discursos, la amistad de los habitantes y establecer con ellos relaciones, no sólo pacíficas, sino familiares, y hacerse gratos de cierto príncipe, cuyos nombre y nación he olvidado, y cuya liberalidad les procuró todos los medios de transporte y lo demás necesario para continuar su viaje: balsas para atravesar las corrientes de agua, carros para los caminos, y que, además, los confió a un guía fidelísimo, que había de conducirlos hasta los otros príncipes, con amigables recomendaciones. Así, después de muchas jornadas de viaje, hallaron ricas ciudades y repúblicas muy populosas y bien gobernadas.

Bajo el Ecuador, y a ambos lados del mismo, en el espacio que cubre la órbita del Sol, hállanse vastas soledades perfectamente tórridas. Allí, todas las cosas tienen un aspecto triste y desolado, hórrido e inculto; ocúpanlo fieras y serpientes y algunos hombres no menos salvajes, feroces y crueles que aquéllas. Pero al alejarse del Ecuador, todas las cosas se amansan paula-

---

[9] Nombre latino de Ceilán (Sri Lanka).
[10] Ciudad de la Costa de Malabar donde desembarcó Vasco de Gama en 1498.

tinamente. El clima es menos áspero, el suelo se cubre de verdor, los animales son menos feroces. Y por fin se hallan de nuevo pueblos y ciudades, donde es continuo el comercio por mar y por tierra, no sólo con las comarcas fronterizas, sino con países lejanos.

Los viajeros tuvieron entonces ocasión de conocer muchas tierras de aquellos países, ya que todas las naves prestas a hacerse a la vela, fácilmente admitían a bordo a Hytlodeo y a sus compañeros. Las naves que vieron en las primeras regiones que visitaron tenían la carena plana; la vela era de papiros o de mimbres y aun a veces de cuero. Después las hallaron con quillas terminadas en punta y velas de cáñamo, y, finalmente, otras en todo semejantes a las nuestras. Los marineros eran peritos en el conocimiento del mar y del cielo.

Rafael se concilió sus gracias al enseñarles el uso de la aguja magnética, que desconocían hasta entonces[11], siendo temerosos del mar, en el cual sólo se aventuraban tímidamente durante el verano. Mas ahora tienen tal confianza en la brújula que no temen ya el tempestuoso invierno y se arriesgan más de lo que permite su seguridad real; y es posible que lo que reputaron un bien produzca, por imprudencia suya, los mayores males.

Fuera larguísima narración la de las cosas que Rafael nos contó acerca de lo que viera en cada uno de los países por él visitados. No es éste tampoco el propósito de la presente obra. Quizá lo explicaré detalladamente en otro libro, donde expondré lo que es útil que sea conocido, como son las leyes y ordenanzas rectamente dictadas y observadas por aquellos pueblos para vivir de manera más perfecta. Sobre tales extremos le interrogamos largamente, y él, con toda amabilidad, dio satisfacción a nuestra curiosidad. Pero ni por un momento nos preocupamos de los rapaces Escilas y Celenos ni de los Lestrigones devoradores de

---

[11] El uso de la brújula en la navegación remonta en Europa a los comienzos del siglo XV.

pueblos[12], ni de los otros portentos de la misma especie, sino de ciudadanos sana y sabiamente gobernados, que es cosa rara en demasía.

Pero aunque Rafael vio en aquellas tierras recientemente descubiertas muchas instituciones muy poco razonables, anotó en cambio otras muchas en las que puede tomarse ejemplo para corregir los abusos que se producen en nuestras ciudades, naciones, pueblos y reinos, de cuyas instituciones, como llevo dicho, trataré en otro lugar. Ahora me propongo referir lo que nos contó acerca de las costumbres e instituciones de los utópicos. Pero antes debo explicar por qué discurso llegamos a tratar de aquel país.

Rafael analizaba con gran sagacidad los errores que había podido ver acá y allá; consideraba lo mejor que en ambas partes había visto, y se mostraba tan profundo conocedor de las leyes y costumbres de los diversos países, que parecía haber vivido toda su vida en cada uno de ellos. Maravillado ante semejante hombre, Pedro dijo:

—En verdad, amigo Rafael, que me sorprende que no hayáis entrado al servicio de algún rey, porque estoy seguro de que no hay ninguno a quien no fuerais inmediatamente grato, ya que sois idóneo para agradarle con vuestra experiencia y conocimiento de los hombres y de los países, para ayudarlo con vuestros consejos e instruirlo con numerosos ejemplos. Y con ello obtendríais un alto cargo, a la vez que podríais ayudar a los vuestros.

—En lo que a los míos se refiere —respondió— no tengo preocupación alguna, ya que creo no haber cumplido mal mis obligaciones hacia ellos. Los demás hombres no renuncian a sus bienes hasta que se encuentran viejos y enfermos, y aun así sólo lo hacen cuando ya no pueden usar de ellos. Yo, siendo todavía joven y estando sano, repartí los míos entre mis parientes y amigos, y supongo que estarán satisfechos de esta mi benevolencia y no esperarán ni exigirán después que me entregue por mí mismo en esclavitud a un rey.

---

[12] Moro toma estos nombres de los poemas clásicos, y singularmente de la *Eneida*. Homero, en su *Odisea*, habla también de los antropófagos lestrigones.

—Bellas palabras son éstas —dijo Pedro—. Pero yo no pretendo que os esclavicéis.

—No hay gran diferencia entre servir y esclavizarse —respondió Rafael[13].

—Pienso —repuso Pedro— que cualquiera que sea el nombre que deis a ese oficio, es el mejor camino para emplear vuestro tiempo de manera que hagáis algo útil para los individuos y para la Sociedad, a la vez que mejoréis vuestra condición.

—¿Más feliz yo —replicó Rafael— mediante un procedimiento que repugna a mi temperamento? Ahora vivo como me place, de manera tal que sospecho que poquísimos purpurados alcanzan semejante libertad. ¿Aún no es suficiente el número de los que aspiran a la amistad de los poderosos? Supongo, pues, que no será muy lamentable que entre ellos no nos contemos yo y algún otro.

Entonces dije yo:

—Veo claramente, señor Rafael, que no ambicionáis ni riquezas ni poder; y yo no respeto ni estimo menos a un hombre como vos que a los grandes de la Tierra. Pero creo que obraríais de acuerdo con vuestro temperamento generoso y filosófico si, sacrificando vuestro bienestar personal, consagraseis vuestra inteligencia y vuestra actividad a los negocios públicos, cosa que podríais hacer con gran fruto entrando a formar parte del Consejo de algún príncipe, donde estoy seguro que vuestros juicios serían siempre rectos y honrados. Bien sabéis que el poder de un príncipe es como una fuente de donde manan continuamente sobre su pueblo todos los bienes y todos los males. En vos hay, ciertamente, una ciencia sin experiencia y una experiencia sin ciencia, tan grandes que seríais un excelente consejero de cualquier rey.

—Os equivocáis dos veces, amigo Moro —respondiome—, respecto de mi persona y de la cosa en sí misma. Ni poseo las virtudes que me atribuís, ni —caso de tenerlas y de renunciar a

---

[13] El texto latino dice: *Bona verba, inquit Petrus; nihi visum est non ut servias regibus, sed ut inservias. Hoc est, inquit ille, una syllaba plus quam servias.* El juego de palabras es intraducible.

mi tranquilidad—servirían para asuntos de Estado. En primer lugar porque los príncipes prefieren las cuestiones militares (de las cuales nada sé ni deseo saber) a las artes benéficas de la paz, y más se preocupan de conquistar, por buenas o malas artes, nuevos territorios, que de gobernar rectamente los que ya poseen. Además, porque los consejeros de los reyes, o bien carecen de inteligencia o bien tienen tanta que les impide aprobar las opiniones ajenas, salvo si se trata de apoyar y aplaudir las más absurdas, cuando proceden de aquellos por los cuales esperan obtener, aplaudiéndolos, el favor del príncipe. ¡Qué cierto es que la Naturaleza dio a todos los hombres la estimación de sus propias obras! Así, su polluelo sonríe al cuervo y gusta a la mona su pequeñuelo.

»En semejante compañía, donde unos desprecian las opiniones ajenas y los demás sólo valoran las propias, si alguien propone como ejemplo a seguir lo que leyó que se hiciera en otros tiempos o lo que vio en tierras extranjeras, halla que los que le entienden obran como si con ello hubieran de perder su reputación de prudencia, y aun como si después hubieran de ser tenidos por imbéciles, a menos de demostrar el error en la opinión ajena. Si les fallan todos los argumentos, echan mano de su último recurso: "Nuestros padres —dicen— gustaban de hacerlo así. ¿Pretenderemos nosotros igualar su sabiduría?" Y dicho esto, que les parece un argumento maravilloso, vuelven a sentarse. Como si fuese un enorme peligro que en alguna cuestión un hombre fuera más sabio que sus antepasados. Además, nosotros, que permitimos que las leyes mejores y más sabias por ellos dictadas yazgan inobservadas, cuando se trata de mejorarlas nos aferramos a ellas y hallamos infinitos defectos en lo propuesto. Muchas veces he topado con semejantes juicios orgullosos, absurdos y morosos en diferentes países, y hasta, una vez, en la misma Inglaterra.

—¿Estuvisteis, pues, una vez entre nosotros? —le pregunté.

—Ciertamente —respondiome—, y por espacio de varios meses, poco tiempo después de aquella revuelta en que los ingleses del Oeste promovieron una guerra civil contra el rey, guerra que terminó con la miserable matanza de los sublevados[14]. En el entretanto debí favores al Reverendísimo Padre John Morton, Cardenal-Arzobispo de Canterbury[15] y en aquel entonces Lord Canciller de Inglaterra, hombre, maese Pedro (porque Moro conoce bien lo que voy a deciros), no menos venerable por su autoridad que por su virtud y prudencia. Era de mediana estatura, y aunque de edad avanzada, sosteníase erguido. Su rostro, sin ser severo, inspiraba respeto. Amable en el trato, manteníase serio y grave. Gustaba de probar a los solicitantes con palabras un poco rudas, aunque nunca ofensivas; así apreciaba el temple de su alma y su presencia de ánimo; los que daban prueba de aquellas cualidades semejantes a las suyas, sin impudencia, placíanle y les favorecía, considerándolos por ello idóneos para regir las cosas públicas. Su palabra era elegante y persuasiva; su ciencia jurídica, profunda; su inteligencia, sin par; su memoria, prodigiosa. El ejercicio y el estudio habían perfeccionado aquellas cualidades que poseía por naturaleza.

»Cuando yo estuve allí, el rey parecía hacer gran caso de sus consejos, y era tenido como uno de los mejores soportes del Estado. Trasladado, siendo muy joven, del colegio a la Corte, mezclado durante toda su vida en los negocios más importantes, habiendo conocido las vicisitudes de la fortuna, había adquirido, en medio de tantos y tan graves peligros, aquella experiencia de la vida que cuando se posee no se pierde fácilmente.

»Quiso la Fortuna que cierto día, mientras yo me sentaba a su mesa, estuviese presente cierto laico gran conocedor de las leyes de vuestro reino. No sé en qué ocasión púsose a alabar con gran complacencia los rigores de la justicia que se ejercía contra los ladrones. Decía que frecuentemente había visto colgar hasta veinte de ellos en una misma horca; y añadía, con gran ve-

---

[14] Refiérese a la insurrección de los habitantes de Cornualles en 1497.
[15] Este John Morton (1420?-1500), en cuya casa había sido educado Moro en su juventud, fue Canciller del rey Enrique VII. Su gestión ministerial fue uno de los motivos de la sublevación en 1497.

hemencia, que se preguntaba —ya que tan pocos escapaban del suplicio— cuál sería la mala suerte que obligaba a tanta gente a cometer sus latrocinios. Entonces yo (que podía expresarme con toda libertad ante el Cardenal) respondile: "No me maravilla. La pena de muerte como castigo del hurto es excesiva y contraria al interés público. Es demasiado cruel para castigar el hurto, y no es suficiente para evitarlo. El simple robo no es delito tan grande que deba ser castigado con la muerte, y ninguna pena será suficientemente dura para impedir que roben los que no tienen otro medio de no morirse de hambre. En esto obráis —y os imita en ello buena parte del mundo—como los malos maestros, que prefieren azotar a sus discípulos en vez de instruirlos. Los ladrones están destinados a sufrir un suplicio cruel y horrible. Pero sería preferible asegurar a cada uno su subsistencia de modo que nadie se viese obligado por necesidad, primero a robar y a ser ahorcado después." "Se ha previsto esto —respondiome—. Existen las artes mecánicas, existe la agricultura, que les permitiría ganarse la vida si espontáneamente no tendiesen al mal." "No escaparéis tan fácilmente —argüile yo—. Prescindamos de los soldados que vuelven mutilados al hogar, a consecuencia de una guerra con el extranjero o civil. Y ¡cuántos hay que han perdido un miembro al servicio del Rey y de la Patria, en las guerras de Francia antes y últimamente en las de Cornualles! Sus enfermedades les impiden reemprender su antiguo oficio, y su edad aprender uno nuevo. Lo repito. No hablemos de ellos; las guerras sólo se suceden con espacios más o menos largos. Contemplemos, en cambio, lo que cada día no deja de suceder. Tan numerosos son los nobles, que no se contentan viviendo en la ociosidad, gozando del trabajo de los demás, sino que exprimen a sus colonos para aumentar la renta de sus tierras, porque no conocen otra economía y son además pródigos hasta el punto de arriesgarse a quedar reducidos a la mendicidad. Además, están rodeados de una turba innúmera de perezosos que jamás tuvieron oficio alguno de que vivir. Éstos, cuando muere su amo o cuando enferman, son echados de la casa, porque se prefiere mantener ociosos que enfermos. También, a veces, el heredero del difunto no puede sostener la servidumbre que sostenía su padre. Mas aquella gente se moriría sencillamente de hambre si no robara. ¿Qué podrían hacer de no robar? Mientras vagabundeaban buscando un empleo gastaron su salud y sus ropas. Cuando la enfermedad los desfiguró y los vestidos no fueron más que harapos, los señores no se dignaron ocuparlos, ni les dieron trabajo los rústicos, porque éstos saben que aquel que vivió en el lujo, la molicie y la pereza, que está solamente acostumbrado a ceñir la espada y a llevar el broquel, a mirar arrogantemente a su alrededor, a despreciar a todo el mundo, no será nunca capaz de manejar la azada y no se contentará con un salario y una comida escasos sirviendo a un pobre labrador." A esto respondió mi interlocutor: "Los hombres de tal clase deben ser protegidos particularmente. En ellos, más animosos y excelentes que los artesanos y campesinos, reside precisamente la fuerza y el vigor del ejército cuando estalla una guerra." "Perfectamente —le respondí—. Podríais decir, con idéntico fundamento, que con vistas a la guerra habrá que proteger a los ladrones. Mientras subsistan esos de quienes habláis, no dudéis que nunca faltarán ladrones. Diré más: ni los ladrones son mulos combatientes, ni los soldados los más tímidos ladrones, tanta relación hay entre ambas profesiones. Este vicio, por extendido que esté en Inglaterra, no es propio de ella, sino común a la mayor parte de las naciones. Francia es devastada por una plaga más pestilente aún. Todo el país está cubierto enteramente de soldados y como sitiado, aun en tiempos de paz, si podemos llamar paz a semejante estado[16]. Y esto se justifica por la misma razón que os lleva a mantener unos ociosos. Porque aquellos locos creen que el bienestar del país sólo puede ser garantizado por la presencia de un ejército fuerte y numeroso, constantemente en pie de guerra y

---

[16] El estado de cosas a que Moro se refiere fue ocasionado, bajo los reinados de Carlos VI y de Carlos VII, por la abundancia de mercenarios extranjeros. Carlos VII, en 1444, intentó poner fin al desorden imperante, pero Moro habla como si se tratase de acontecimientos de la época en que fue escrito el libro.

compuesto en su mayor parte de veteranos, ya que no confían en los bisoños. Y hasta parece que buscan la guerra para tener las tropas ejercitadas, no siendo estas carnicerías humanas las que evitan que, según frase de Salustio, *las manos y el ánimo se entorpezcan en la inactividad*[17]. Cuán pernicioso sea mantener semejante especie de fieras, Francia lo aprende en sus desgracias, y los romanos, los cartagineses, los sirios y muchedumbre de naciones lo atestiguan claramente. Porque no sólo el Imperio, sino los campos y aun las ciudades mismas han sido destruidos por los ejércitos permanentes. Aparece, pues, patente la falta de necesidad de semejante permanencia al ver que los franceses, preparados y ejercitados desde su juventud en el manejo de las armas, al enfrentarse con los ingleses, no pueden vanagloriarse de haberlos vencido frecuentemente[18], y no insistiré sobre ello para que los presentes no me tomen por adulador. Ni los artesanos de las ciudades, ni los rudos y agrestes campesinos deben sentir temor alguno de aquellos holgazanes, criados de los nobles, a no ser que su debilidad física les haya privado de valor o que la miseria haya roto sus energías. No hay, pues, peligro alguno que temer; aquellos hombres de cuerpo sano y robusto —porque los nobles, para corromperla, sólo buscan gente selecta y escogida—, en vez de aprender un oficio útil, de ejercitarse en trabajos viriles, se consumen en la inacción, se debilitan en ocupaciones mujeriles, se afeminan. Ciertamente, de cualquier modo que se consideren las cosas, no me parece que pueda tener un interés general mantener una enorme multitud de esta clase, que infesta la paz, solamente para la posible eventualidad de una guerra que no tendréis si no la quisiereis. La paz merece que le prestemos tanta atención como la guerra. Pero todo esto no es la única razón explicativa de por qué existen necesariamente tantos ladrones. Hay otra, y mayor, según creo, peculiar de vuestro país." "¿Cuál es?" —preguntó el Cardenal.

---

[17] *Ne per otium torpesceret manus aut animos* (*Conjuración de Catilina,* XVI).
[18] Moro debía de tener muy presente, como buen patriota inglés, el recuerdo de la Guerra de los Cien Años.

"Las ovejas —respondile—; vuestras ovejas, que tan dulces suelen ser y que tan poco exigen para su alimentación, ahora —según oí decir— se muestran tan feroces y tragonas que hasta engullen hombres, y despueblan, destruyen y devoran campos, casas y ciudades[19]. En efecto, en todos los lugares del reino donde se obtiene la lana más fina, y por consiguiente la más preciosa, los señores, los caballeros y aun los santos varones de los abades, no se contentan con las rentas y beneficios que sus antecesores solían obtener de sus dominios, y no contentándose con vivir muelle y perezosamente, sin ser en manera alguna útiles a la sociedad, precisa que la perjudiquen; no dejan ninguna parcela para el cultivo; todo se reserva para los pastos. Derriban las casas, destruyen los pueblos; y si respetan las iglesias es sin duda porque sirven de establos a sus ovejas. Y como si no se perdiera poca tierra en bosques y cotos, aquellos excelentes varones transforman en desiertos las habitaciones y todo lo cultivado. Así, pues, para que un devorador insaciable, peste y plaga de su patria, pueda encerrar en un solo cercado varios millares de acres de pastos, muchos campesinos se ven privados de sus bienes. Los unos por fraude, otros expulsados violentamente o, hartos ya de tantas vejaciones, se ven obligados a vender lo que poseen. De todos modos, esos desgraciados hombres y mujeres, maridos y esposas, huérfanos, viudas, emigran, llevando los padres a sus pequeños. Y estas familias son más numerosas que ricas, ya que la tierra exige el trabajo de muchos brazos. Emigran, pues, todos, abandonando sus hogares, los lugares donde vivieron, y sin saber dónde refugiarse. Sus ajuares, que no podrían vender muy caros, aun cuando existiese la posibilidad de encontrarles comprador, vense obligados a cederlos por un precio vil. Helos, pues, errantes, privados de todo recurso. Entonces sólo les queda el de robar y de ser colgados con todas las reglas,

---

[19] Los ataques de Moro contra la cría de ovejas y la sucesiva despoblación de los campos, son cosa corriente en la literatura inglesa de la época. Hacia 1550 apareció un folleto que trataba concretamente del tema *The Decaye of England by the great multitude of shepe* (La ruina de Inglaterra a causa de la gran multitud de ovejas).

o el de vagabundear mendigando. En este último caso los encarcelan, ya que son vagabundos que no trabajan. Nadie, en efecto, quiere aceptar sus servicios aunque los ofrezcan de buena voluntad. Como el único oficio que conocen es el de labrador, no pueden ser utilizados donde no se ha sembrado. Porque un solo zagal, un solo pastor basta para apacentar los rebaños en una tierra que exigía muchos brazos cuando estaba sembrada y cultivada. Y por esta misma razón la vida se ha encarecido en muchos lugares. Como el precio de las lanas ha subido, los pequeños artesanos que, en vuestro país, solían hacer paños con ella, no pueden ahora comprarlas, por lo que muchos han de abandonar su oficio y convertirse en parados. Y después de aquella multiplicación de los pastos, una epizootia ha disminuido el número de ovejas como si Dios hubiese querido castigar con esta plaga sobre sus rebaños la codicia de aquellas gentes[20], aunque hubiera sido más justo que la descargara sobre sus propias personas. Así, aunque aumente el número de las ovejas, su precio no disminuye. La venta de las lanas, aunque no está monopolizada, es decir, concentrada en manos de uno solo, está por lo menos *oligopolizada*[21], acaparada por un pequeño grupo de personas, precisamente de aquellos ricos que ninguna necesidad tienen de vender antes del momento que ellos escogen, y que sólo consienten hacerlo cuando el precio les conviene. Asimismo todas las restantes especies de ganado se han encarecido por la misma razón y en proporción aún mayor, ya que, destruidas las granjas y la agricultura, nadie se ocupa ya en su cría. Y los ricos no se preocupan de la reproducción del ganado bovino como de la de sus ovejas; van a comprar lejos por un precio vil animales flacos, que engordan en sus prados, y los revenden entonces excesivamente caros. Y creo que no se han sufrido aun todos los inconvenientes que de ello se derivan. Hasta ahora, la carestía no se ha hecho sentir más que en los lugares donde se realiza-

---

[20] Parece que Moro alude a una gran sequía en 1506, que ocasionó la muerte de gran número de cabezas de ganado.

[21] Moro opone a *monopolio, oligopolio* (venta por unos pocos).

ban las ventas. Pero cuando hayan sacado de todas partes más ganado del que puede nacer, se producirá una disminución en el número de los animales, y el país sufrirá una gran carestía. Así, por la codicia irracional de unos pocos, lo que parecía causa de la fortuna de vuestra isla será su ruina. El encarecimiento de la vida es causa de que todos despidan el mayor número posible de sus criados. Y éstos ¿qué han de hacer? Mendigar o ponerse a robar, cosa que aceptan fácilmente muchos espíritus débiles. Y a esa carestía, a esas miserias añádanse los lujos inoportunos. Los criados que sirven a los nobles, los artesanos y aun los mismos campesinos, todas las clases sociales, muestran un lujo insolente en sus ropas, en sus comidas. Además, los lupanares, las tabernas de vino y de cerveza y los juegos de azar, las cartas, los dados, la pelota, los bolos, que vacíen rápidamente las bolsas de sus devotos y los encaminan al robo. Apartad de vuestra isla estas calamidades perniciosas, decretad que quienquiera que hubiese destruido pueblos o granjas los reconstruya o que permita al menos que los reconstruyan quienes lo deseen. Poned coto a las maquinaciones de los ricos, impedid que ejerzan esa especie de monopolio. Reducid el número de los ociosos, resucitad la agricultura, cread manufactu as de lana, para que nazca así una industria honesta en la que pueda llar ocupación la turba de los ociosos, tanto los que la miseria ha conducido ya al robo, como los vagabundos y criados sin oficio; que están a punto de convertirse en ladrones. Si no remediáis semejantes males, no elogiéis la justicia que tan bien sabe reprimir el robo, puesto que sólo es apariencia y no es ni útil ni equitativa. Dejáis que den a los niños una educación detestable y sus costumbres se corrompen ya desde sus años más tiernos. ¿Precisa, pues, que los castiguemos, al llegar a la virilidad, por crímenes que su infancia hacía ya previsibles? ¿Qué otra cosa hacéis de ellos sino ladrones, que después castigáis?"

»Mientras yo hablaba, el elocuente jurisconsulto preparaba su respuesta según el método típico de aquellos ergotistas que repiten en vez de responder, y que deben en buena parte a su memoria las alabanzas que cosechan. "Bien hablasteis —me dijo—, para ser quien, por extranjero, no puede apreciar los hechos, que indirectamente y sólo de oídas conoce. Os los expondré clara y brevemente. Pero, antes, resumiré ordenadamente vuestras afirmaciones, haciéndoos ver después en qué extremos os ha inducido a error vuestra ignorancia de las cosas de nuestro país; seguidamente aniquilaré y haré polvo vuestros argumentos. He aquí, en primer lugar, mi exordio. Paréceme que habéis distinguido cuatro partes..." "Callaos —le dijo el Cardenal—. Semejante principio nos promete una respuesta que no será corta. Así, pues, por ahora os dispensamos de ella y os reservamos el trabajo para vuestra próxima entrevista, que desearía que tuviera lugar mañana, si nada os lo impide a vos y a Rafael. Pero, mientras, amigo Rafael, quisiera que nos dijerais por qué, según vos, el robo no debe ser castigado con la última pena, y qué otro castigo más adecuado al interés público debería ser impuesto a tal delito. Porque supongo que no creeréis que deba ser tolerada semejante falta. Y si ahora vemos hombres que no dudan en robar, aun sabiendo que desafían la muerte, ¿qué temor, qué fuerza podría detener a los malhechores cuando supieran que su vida no se hallaba en peligro? Además, no dejarían de considerar aquella mitigación de la pena como una incitación al mal." "Estoy absolutamente convencido, padre benignísimo —respondile—, de que es altamente injusto quitar la vida a un hombre porque haya robado dinero. No creo que todos los bienes de este mundo valgan una existencia humana. Y a quien me diga que la pena venga la ley violada y no el dinero perdido, le responderé que el derecho absoluto es también la injusticia absoluta: *Summum Jus, Summa Injuria*. La severidad de los decretos manlianos[22] no es tan admirable que precise desenvainar la espada por cualquier pequeñez. No se trata de aplicar los principios de los estoicos que, colocando todas las faltas a

---

[22] Término con que Tito Livio designa las leyes inexorables. Véase *Décadas* VII, 3, donde el historiador latino trata de Manlio *el Imperioso*.
[23] Decían *Omnia peccata esse paria* (Todos los pecados son parejos).

un mismo nivel[23], juzgan inútil la distinción entre el asesinato y el robo, entre los que (si la equidad tiene algún valor) no existe ni analogía, ni semejanza. Dios ha prohibido matar, ¿y hemos de matar tan fácilmente por el robo de una monedilla? Quizá se interpretara esta prohibición divina del asesinato como no extensible a los casos en que la ley dictada por la sociedad humana prevé la pena capital. Pero, en tal caso, ¿qué impediría a los hombres justificar mediante leyes la violación, el adulterio y el perjurio? Dios nos prohíbe no sólo quitar la vida a nuestros semejantes, sino quitárnosla a nosotros mismos; y ¿podríamos acordar legítimamente nuestra mutua degollación basándonos en una fórmula cualquiera?[24] Y tales fórmulas ¿tendrían un valor que haría que aquellos que las aplicasen, a pesar del precepto divino, escapasen del castigo celestial, y que tuvieran el derecho de hacer perecer a todos los que estuviesen condenados por un veredicto humano? En tal caso, la justicia de Dios sólo reinaría en lo que permitiera la justicia humana, y, finalmente, deberían ser los hombres quienes decidieran en cada caso en qué medida sería conveniente seguir los mandamientos divinos. Aun en la ley de Moisés, inclemente y dura como era —se hizo para esclavos, y esclavos tozudos—, se castigaba el robo tan sólo con una multa, y no con la pena capital. No queramos suponer que Dios, en su nueva ley de clemencia, como de padre que manda a sus hijos, nos dé una mayor libertad para destruirnos mutuamente. He aquí por qué creo que aquello no es lícito. Por otra parte, nadie dejará de ignorar cuán absurda y aun peligrosa para el Estado es la equiparación de las penas para el robo y el asesinato. Cuando el ladrón sabe que el riesgo que corre es el mismo si ha robado que si ha cometido un homicidio, se ve incitado a hacer desaparecer a aquel que, en otro caso, sería sólo despojado; ya que, si se le aprehende, el peligro de ser ahorcado es el mismo, mientras que el asesinato ofrece mayor seguridad: puede hacer esperar que el crimen quedará oculto, al su-

---

[24] A pesar de los alegatos contra la pena de muerte, Hytlodeo, al tratar de Utopía, cita, sin hacer reserva alguna, delitos castigados con tal pena

primir el posible testigo. Y así, en vez de contener a los ladrones con la imagen aterradora del castigo, los incitamos al crimen. Si me preguntarais cuál sería el castigo más conveniente, responderé que, en mi opinión, no es más difícil de encontrar que el peor. ¿Por qué poner en duda la eficacia del castigo admitido durante tantos siglos por los romanos, que fueron los más peritos en materia de gobierno? En Roma los grandes criminales eran condenados a la esclavitud, a trabajos forzados en las canteras y en las minas. Respecto a esto, no he observado en ningún pueblo nada que, en mi opinión, pueda compararse a lo que he visto, durante mis viajes por Persia, entre los llamados comúnmente *polileritas*,[25] cuya población no es escasa y posee excelentes instituciones de gobierno. Observan solamente sus propias leyes y son independientes, a reserva de un tributo anual que pagan al rey de los persas. Su territorio, aislado del mar, está rodeado de montañas. La tierra, de buena calidad, produce frutos con los cuales se contentan. No salen de su territorio, ni los demás van al suyo. Fieles a las tradiciones de su nación, no se preocupan de ensanchar sus fronteras. Sus montañas, tanto como el tributo que pagan al extranjero, los ponen a salvo fácilmente de toda agresión. Se hallan exentos de todo servicio militar. Viven más que en el esplendor en un honesto bienestar, y son más felices que nobles e ilustres. Creo que su nombre sólo es conocido de sus más próximos vecinos. Entre los polileritas, un individuo convicto de robo está obligado a restituir a su propietario, y no al príncipe, como es costumbre en otros países, el objeto robado, ya que estiman que el príncipe no tiene más derecho sobre él que el mismo ladrón. Si perece la cosa robada, se calcula su precio, y se saca de los bienes del ladrón; el exceso es devuelto a la esposa de éste, que es condenado a trabajos públicos. Y mientras el robo no vaya acompañado de circunstancias agravantes, el ladrón no es encarcelado ni cargado de cadenas, y li-

---

[25] El nombre deriva de πύλυζ λῆρσ (mucha necedad), y expresa, no el carácter del pueblo, sino que fuera necedad admitir su existencia.

bre y sin obstáculos se dedica a trabajos de utilidad pública. Los que rehúsan trabajar o lo hacen con holgazanería, son compelidos a ello, no con cadenas, sino a golpes. Los que dan prueba de buen ánimo al trabajar no son maltratados, sólo se les encierra en los dormitorios durante la noche, después de pasar lista. No han de soportar otra cosa que el trabajo constante y están bien alimentados. Los que trabajan para el Estado son mantenidos a costa del público, por procedimientos variados. Sucede, por ejemplo, que el producto de las limosnas se aplica a veces a tales atenciones; recurso que puede parecer precario, pero que, por ser el pueblo muy misericordioso, resulta harto abundante. En otros lugares se impone a tal fin un tributo especial. En algunas regiones, los condenados no son destinados a los trabajos públicos. Cualquier particular que necesite jornaleros los alquila por días, mediante un jornal un poco menor que el de la mano de obra libre, y tiene además el derecho de apalear a los holgazanes. Así los condenados nunca carecen de trabajo, y obtienen lo que necesitan para vivir; el exceso es ingresado en el erario público. Llevan todos un vestido del mismo color y no les cortan el pelo, excepto en la parte de la cabeza que está encima de las orejas, a una de las cuales le ha sido cortado el lóbulo. Todos pueden recibir de sus amigos alimentos, bebidas, un vestido del color prescrito; pero un regalo en dinero trae consigo la muerte del que lo hace y del que lo recibe. Idéntico castigo alcanza al hombre libre que, bajo cualquier pretexto, acepta dinero de manos de un esclavo (llaman así a los condenados) y al esclavo que toca armas. Cada región marca a sus esclavos con una señal distintiva, y el intento quitársela es castigado con la muerte, así como el hecho de haber sido visto fuera de las fronteras del distrito, y también el vérsele hablando con un esclavo de otro distrito. Un proyecto de fuga no es menos peligroso que la misma evasión. Quien se hace cómplice de semejante intento pierde la vida si es esclavo; la libertad, si es libre. Se premian las denuncias: al libre, con dinero; al esclavo, con la libertad. Si el denunciante es uno de los cómplices recibe el perdón de su delito.

Así es preferible arrepentirse a tiempo que perseverar en una mala intención. Éstos son los principios y las leyes de aquel pueblo. Fácil es ver cómo la humanidad se une a la preocupación por el interés público; si la Ley actúa para destruir el vicio, consérvase a tales hombres, que son tratados de tal manera que vuelven a ser honrados y reparan durante el resto de su vida el mal que hicieran precedentemente. Y no parece que aquellos condenados vuelvan a sus antiguos hábitos. Los mismos viajeros desconfían tan poco de ellos, que los escogen como guías de una a otra provincia, cambiándolos al llegar a los límites de cada una de ellas. Nada permite al esclavo cometer un robo; hállase inerme, el dinero denunciaría inmediatamente su delito. Si es capturado le espera el castigo; no tiene esperanza alguna de huir. Y, además, ¿cómo podría ocultar su fuga un hombre cuyo vestido le distingue de los demás? Y si huyera desnudo, la oreja cortada le denunciaría. No es tampoco de temer que aquellos esclavos puedan conspirar contra el Estado. Para ello precisaría haberse puesto en contacto y haber intentado arrastrar a los esclavos de más de una provincia. Una conspiración no es cosa fácil para gentes que no pueden reunirse y a quienes ni aun les está permitido conversar entre sí ni saludarse. Y ¿cómo se atreverían a confiar un proyecto semejante a sus amigos? Conocen sobradamente los peligros de guardar un secreto y las ventajas de la delación. Por el contrario, esperan todos recobrar su libertad algún día, mostrándose obedientes y resignados, ofreciendo garantías de una vida honrada en el porvenir. Y, realmente, no pasa año sin que algunos esclavos sean dejados libres en recompensa de su docilidad."

»Acababa de decir esto y estaba a punto de añadir que no me explicaba por qué tal sistema no podría ser aplicado en Inglaterra, con resultado muy superior al que obtenía aquella justicia tan entusiásticamente elogiada por el célebre jurisconsulto, cuando éste me redarguyó: "Jamás podría aplicarse entre nosotros semejante método sin hacer peligrar el Estado". Y, al decir esto, movió la cabeza y pellizcose los labios. Después calló. Todos los

el fraile (y cito sus palabras textualmente): "No estoy airado, sinvergüenza, o por lo menos no peco, ya que el salmista dijo: *Irascimini et nolite peccare*"[28].

»El Cardenal amonestó suavemente al fraile para que moderase sus ímpetus. "Pero, Monseñor —dijo el amonestado—, si hablo así es por el celo que me domina, y porque debo hacerlo. Los mismos santos han conocido estos furores, por lo que se dice: *Zelus domus tuæ comedit me*[29], y se canta en las iglesias: *Irrisores Helizei, dum conscendit domum dei, zelus calui sentiunt*[30], como lo sentirá sin duda este ribaldo desvergonzado." "Tu intención es loable, sin duda alguna —díjole el Cardenal—, pero me parece que sería una actitud acaso más santa y siempre más prudente evitar una discusión ridícula con un hombre ridículo y necio." "No, Monseñor —replicó el fraile—, no sería más prudente obrar así. El mismo sapientísimo Salomón dijo: *Responde stulto secundum stultitiam eius*[31], y yo lo he hecho ahora, demostrando a este necio en qué abismo caerá si no procura evitarlo. Y si los que se burlaban de Eliseo, que era un solo hombre calvo, sintieron la ira del calvo, ¿cómo no ha de sentirla mayor éste, que se burla de tantos frailes, entre los cuales hay muchos calvos? Y, además, tenemos una bula papal en virtud de la cual, los que se burlaren de nosotros están excomulgados." Viendo el Cardenal que la cosa no llevaba trazas de terminar, despidió con un gesto al parásito y desvió prudentemente la conversación. Poco después, se levantó de la mesa y nos despidió para dar audiencia a sus protegidos.

—Ved, amigo Moro, cuán largamente os he molestado con mis palabras. Me avergonzaría de haber hablado tanto rato si no fuera porque lo hacía a instancias vuestras y porque me ha parecido que escuchabais mi narración como si no quisierais per-

---

[28] «Incurriré en ira y no pecaré» (Salmo IV, 4).

[29] «El celo de tu casa me devoró» (Salmo LXVIII, 10).

[30] «Los que se burlaban de Eliseo cuando entró en la casa de Dios, sintieron la cólera del calvo». Los versos proceden del himno *De Resurrectione Domini* de Adam de San Victor.

[31] «Responde al necio según su necedad» (Proverbios, XXVI, 4).

der nada de ella. Hubiera podido ser más breve, pero he preferido, no obstante, contar toda la historia, para insistir sobre el carácter de los comensales. Habían comenzado despreciando mis palabras, pero se pusieron a alabarlas cuando descubrieron que el Cardenal no las encontraba desacertadas; y fueron tan grandes aduladores, que aprobaban ruidosamente los dichos de un bufón, tomándolos en serio, mientras su propio amo sólo los aceptaba por chanza. Y ahora ¿creeréis también que los cortesanos estimaríanme a mí y estimarían mis consejos?

—Amigo Rafael —respondile—, satisfízome mucho el escucharos. Vuestras palabras, a la vez, son amables y están llenas de prudencia. Creíme no sólo en mi país, sino en el mismo palacio del Cardenal, cuyo retrato tan bellamente trazasteis, palacio en que fui educado durante mi infancia. Mucho os apreciaba, Rafael; pero no podéis imaginaros cuánto más caro me sois ahora, al evocar el recuerdo de aquel hombre a quien tan bellamente favorecéis. Pero no cambia mi opinión acerca de vos. Sigo considerando que si no odiaseis tanto las Cortes de los príncipes, vuestros consejos podrían ser allí utilísimos al bien público. Ningún deber os obliga tanto como éste. Cumpliéndolo, obraríais como un buen ciudadano. Ya sabéis cuál es la opinión de vuestro amado Platón: solamente serán felices los pueblos del futuro cuando los filósofos se conviertan en reyes y los reyes en filósofos[32]. ¡Cuán lejana está aún semejante felicidad, si los filósofos no se dignan asistir a los reyes con sus consejos!

—Los filósofos —respondió él— no son tan malos y de buen grado consentirían en hacerlo. Muchos lo han hecho ya en sus libros. Si los que gobiernan los Estados se hubieran preparado para ello podrían seguir sus consejos. Pero Platón ya previó perfectamente que los reyes, a menos de ser filósofos, no se hallan en situación de seguir los consejos de los sabios, ya que sus almas están impregnadas de ideas falsas desde la infancia y pervertidas por ellas. El mismo Platón pudo experimentarlo al lado

---

[32] Moro interpreta libremente un texto de la *República* de Platón (Libro V, § 473).

de Dionisio. Si yo propusiera sabias medidas en la Corte de cualquier monarca, si procurase extirpar de su reino los gérmenes de los más graves males, ¿no creéis que sería expulsado o convertido en objeto de burlas?

»Suponed que me hallase al lado del rey de Francia y que formara parte de su Consejo, donde secretamente el rey preside personalmente las deliberaciones de sus políticos más sutiles. Trátanse cuestiones de importancia: mediante qué combinaciones, qué intrigas se conservará Milán[33], cómo podrá retenerse la amistad de aquel reino de Nápoles, que siempre se escapa[34], o destruir la República de Venecia[35]; cómo se someterá a Italia entera; finalmente, cómo se reunirán a la Corona Flandes, Brabante y toda la Borgoña, sin contar otros Estados que mentalmente han sido invadidos. Uno propone concertar con los venecianos un tratado, que durará tanto como fuere oportuno, y comunicarles el plan francés, que consiste en cederles parte del botín, que será recobrado luego que el negocio haya terminado satisfactoriamente. Otro, entonces, aconseja reclutar alemanes[36]; un tercero, sobornar a los suizos[37]. La opinión de éste es propiciar el dios imperial mediante un sacrificio de oro acuñado[38]. La de aquél, que no seria inútil pactar con el rey de Aragón, cediéndole como prenda de paz el reino de Navarra, que pertenece a un tercero[39];

---

[33] Las expediciones italianas de Luis XII fueron motivadas por la sucesión al ducado vacante.

[34] Nápoles fue el pretexto de las guerras españolas en Italia, en tiempos del rey Fernando el Católico, quien se adueñó finalmente del Reino agregándolo a los dominios de la Corona española, de la cual formó parte hasta el siglo XVIII.

[35] Alusión al Tratado de Cambray (diciembre de 1508), en virtud del cual Fernando el Católico, Luis XII de Francia, el emperador Maximiliano de Austria y el Papa se repartieron los dominios de la República Veneciana.

[36] Los famosos lansquenetes que tantas veces combatieron como mercenarios en el ejército francés, y al lado de los tercios castellanos en tiempos de los Austrias.

[37] Los suizos eran los grandes mercenarios de la época. Más adelante, al hablar de los zapoletas, mercenarios de los utópicos, Moro hará un retrato exactísimo de los suizos.

[38] El emperador Maximiliano fue siempre avidísimo de dinero.

[39] El reino de Navarra fue conquistado por Fernando el Católico y pasó a formar parte de la Monarquía castellana a partir de las Cortes de Burgos de 1515.

mientras otro estima que es preciso ganar la confianza del príncipe de Castilla con la esperanza de una alianza[40], ganando antes para ello a algunos señores de la Corte, que serán comprados mediante una pensión.

»Entonces aparece la más espinosa de las cuestiones: la de las relaciones con Inglaterra. Se decidirá negociar una paz con esta potencia y estrechar con los más sólidos lazos una unión siempre vacilante. Se le dará el nombre de amiga, pero se desconfiará de ella como si fuese enemiga. Se tendrá siempre preparados a los escoceses, atentos centinelas que al menor acontecimiento, al menor movimiento de los ingleses podrán ser lanzados contra éstos. Se mantendrá en secreto (porque los tratados se oponen a una protección franca) algún pretendiente al Trono, con lo cual se hará presión sobre el soberano de quien se sospecha. Y si en esa Corte, ante tan vastos problemas, ante tantos hombres ilustres que preconizan a cuál más las soluciones bélicas, me alzase yo, que soy un personaje bien humilde, para obligarles a cambiar de rumbo y les dijera: "Abandonemos Italia y quedémonos en casa. Ved este reino de Francia, tan grande que casi no puede ser administrado cómodamente por un solo hombre. ¿Por qué ha de desear el rey anexionarle nuevos territorios? Quiero citaros como ejemplo la decisión que tomaron los *acorianos*[41], pueblo situado frente a la isla de Utopía hacia el *Euronotos*[42], los cuales guerrearon en otros tiempos porque su rey, en virtud de una antigua alianza, pretendía la sucesión al Trono de un reino vecino. Conquistáronlo, y entonces se dieron cuenta de que era tan difícil conservar el territorio conquistado como apoderarse de él. La agitación era constante: revueltas interiores, envío de tropas al país conquistado, intervenciones continuas en favor o en contra de los nuevos súbditos; imposibili-

---

[40] Alusión probable al proyectado matrimonio de Carlos I, que acababa de ser proclamado rey de Castilla por muerte de su abuelo Fernando, con la princesa Claudia de Francia.

[41] Nombre derivado del eolio ἄχωροσ, que significa «sin hogar».

[42] Plinio y Columela designan con este nombre el viento del Sur.

dad de licenciar al ejército; aumento de los impuestos, ya que todo el dinero marchábase al exterior; derramábase sangre, y todo por la gloriecilla de uno solo. La paz no estaba asegurada en parte alguna; la guerra había corrompido las costumbres, trayendo el gusto del saqueo y del asesinato más audaz; las leyes no eran observadas, y todo porque el rey, que dividía sus atenciones entre dos reinos, no podía consagrarse enteramente a uno solo. Cuando los acorianos comprendieron que tales calamidades no tendrían fin, reuniéronse en asamblea y pusieron al rey en la alternativa de escoger entre ambos reinos, manifestándole que no podía llevar dos coronas, pues eran demasiado numerosos para aceptar ser gobernados por medio rey, del mismo modo que nadie consentiría en compartir con otro los servicios de un mismo mozo de mulas. Así coaccionado, ese buen príncipe viose obligado a contentarse con su antiguo reino y a abandonar el nuevo a uno de sus amigos, quien, por otra parte, fue bien pronto expulsado de él."

»¿Y si yo dijere aún más, demostrando al monarca que todas esas aventuras guerreras, al conmover tantas naciones, agotan los erarios, destruyen los pueblos y sólo pueden conducir a una catástrofe? ¿Por qué no ocuparse sólo del reino de sus antepasados, haciéndolo florecer, amando a sus súbditos y haciéndose amar de éstos, y viviendo entre ellos mandándolos con dulzura, dejando en paz a los otros reinos, cuando el que se posee basta y aun sobra? Semejante discurso, ¿con qué oídos creéis que sería escuchado, amigo Moro?

—No muy agradablemente —respondile.

—Continuemos, pues —siguió diciendo Rafael—. Ved ahora cómo van las cosas cuando el rey y sus consejeros buscan los medios de incrementar el Tesoro. Uno propone aumentar el valor nominal de la moneda cuando se trata de pagar y de rebajarlo cuando se trata de cobrar[43]. Este expediente permitirá hacer grandes gastos con muy poco numerario y percibir mucho dine-

---

[43] El procedimiento fue usadísimo en todos los países europeos durante la Edad Media y en épocas posteriores. Los ejemplos abundan también en la historia española.

ro cuando debería recibirse poco. Otro aconseja fingir la inminencia de la guerra. Cuando se haya recaudado un impuesto establecido bajo tal pretexto, el príncipe hará celebrar la paz, con gran aparato de ceremonias religiosas, cuya pompa maravillará al bajo pueblo, y será tenido por un príncipe piadoso que ahorró la sangre de sus súbditos[44]. Un tercero sugiere que vuelvan a ponerse en vigor los textos de viejas leyes, anticuadas por el largo desuso; y como nadie se acuerda de tales leyes y todos las han transgredido, se harán pagar las multas que se prevén; expediente este de los más lucrativos, y también de los más honorables, ya que se recubre con la máscara de la justicia[45]. Otro, entonces, estima que deben crearse una serie de prohibiciones, sancionadas con fuertes multas, establecidas principalmente contra el interés, para protección del pueblo. Aquellos cuyos intereses fueran perjudicados por dichas prohibiciones serían eximidos de ellas mediante dispensas pecuniarias. Con ello, el soberano se vería adorado por su pueblo, obteniendo así un doble beneficio: por una parte, el dinero de los que, por amor a las ganancias, hubieran cometido infracciones, y, por otra, el de las dispensas. Cuanto más elevado fuera el precio de semejantes privilegios, tanto más pasaría el rey por ser un monarca que no permitía que se perjudicara a sus súbditos a menos de pagar por ello una suma considerable. Otro propone más tarde conciliarse a los jueces que, en todas las ocasiones, sostendrán los derechos de la Corona. Deberán ser llamados a palacio, invitándolos a deliberar sobre los procesos que a dichos intereses se refieran. Por mala que sea una causa, siempre habrá alguien que, por espíritu de contradicción, o por no repetir lo que otro dijo ya, o por agradar al monarca, hallará el modo de defenderla mediante argucias. Tales jueces saben embrollar con la diversidad de sus opiniones la cuestión más clara; la verdad es así puesta en duda y al rey le es fácil interpretar la ley en provecho propio. La vergüenza o el miedo deciden a los restantes, y después la sentencia será dictada atrevida-

---

[44] En 1492 usó tal expediente Enrique VII de Inglaterra.
[45] Fue usado también por Enrique VII.

mente en los tribunales. No faltan los motivos para pronunciarse en favor del príncipe; bástale tener en su favor la equidad, o la letra de una ley, o la interpretación de un texto complicado y, finalmente —cosa que sobrepuja a todas las restantes ante el espíritu de un juez escrupuloso—, el principio incontestable de la potestad real. Esos consejeros coinciden en la máxima de Craso y admiten que el rey que sostiene un ejército no tiene nunca bastante dinero; que el rey no puede cometer injusticia alguna aunque quisiera; que es propietario absoluto de las personas y bienes de sus súbditos, y que éstos lo poseen todo a causa de la benignidad real; que cuanto menos posean los súbditos, tanto mejor será para el soberano, que no está nunca tan seguro como cuando su pueblo no goza de demasiadas riquezas ni de excesiva libertad, ya que tales cosas hacen a la gente menos paciente para soportar la dureza y la injusticia, y, al contrario, la miseria y la pobreza debilitan los ánimos y los hacen pacientes, ahogando en los oprimidos todo espíritu de rebeldía.

»Suponed que en tal momento me levanto para protestar y digo: "Tengo por funestos y deshonrosos todos los consejos que acabáis de dar al rey. Fuérale más honroso y más seguro enriquecer a su pueblo en vez de pensar en su propia riqueza. Los hombres hicieron los reyes para su propio bien, no para placer de éstos; para poder vivir tranquilos trabajando activamente al abrigo de contratiempos. Es, pues, deber del soberano velar más por la prosperidad de su pueblo que por su felicidad personal, como el pastor que debe apacentar su rebaño y no ocuparse de sí mismo. Los que pretenden que la miseria del pueblo es una protección para el Estado, cometen un gran error, ya que ¿dónde abundan más las rencillas sino entre los mendigos? ¿Quién tiene mayor deseo de subvertir el orden social sino aquel que más sufre de la condición presente? Y ¿no es el más audaz de los revolucionarios aquel que espera ganar algo porque no tiene nada que perder? Un rey que sólo es menospreciado o envidiado, hasta el extremo de no mantenerse en el Trono más que a fuerza de multiplicar las afrentas, las expoliaciones y las confiscaciones y empobreciendo a sus súbditos, procedería mejor abandonando sin tardanza el poder que haciendo uso de tales procedimientos para conservarlo. Aunque conserve su título, pierde su prestigio, sin duda alguna. Reinar sobre un pueblo de miserables es incompatible con la dignidad de un soberano, que tiene la obligación de ejercer su potestad sobre una nación rica y feliz. Fabricio, aquel gran espíritu, bien lo sabía al decir que más valía mandar a los ricos que ser rico[46]. Y, ciertamente, cuando sólo uno vive en el lujo y los placeres mientras a su alrededor todo son lamentos y gemidos, cuida de una cárcel y no de un reino. Finalmente, así como el médico imperitísimo no sabe curar una enfermedad sin producir otra, quien no sabe mejorar la manera de vivir de sus súbditos sino privándolos de todas las comodidades de la existencia, no tiene derecho a gobernar hombres libres. Precisa que antes se corrija de su ignorancia y de su orgullo, defectos que sólo pueden excitar el odio y el desprecio de su pueblo. Que viva honestamente con lo suyo. Que sepa adaptar sus gastos a los ingresos. Que refrene los crímenes y aun que los prevenga mediante prudentes instituciones, que más vale esto que dejarlos crecer para castigarlos después. Que no resucite sin motivo las leyes abolidas por el uso y sobre todo aquellas que, olvidadas desde hacía tiempo, no responden a ninguna necesidad. Que nunca exija por delito alguno el pago de cantidades que un juez, en pleito privado, consideraría inicuas y abusivas si hubieran de ser pagadas a un particular."

»Expondría entonces a los miembros del Consejo la ley de los macarienses,[47] que habitan no lejos de Utopía. Su rey, el día de su advenimiento al trono, después de ofrecer un gran sacrifi-

---

[46] Valerio Máximo, IV, 5.

[47] Τῶν Μακωαρτω, «de los benditos». Deriva quizá de las Islas Afortunadas (las Canarias), en las que reinaba, según se decía en aquella época de descubrimientos, una felicidad paradisíaca. El humanista francés Guillaume Budé, amigo de Erasmo y de Moro, en una carta dirigida a este último, dice, refiriéndose a Utopía, que «es de hecho una de las Islas Afortunadas, quizá situada muy cerca de los Campos Elíseos».

cio, jura no poseer nunca en su Tesoro más de mil libras de oro, o la suma equivalente en plata[48]. Los macarienses dicen que esta ley fue instaurada por el mejor de sus soberanos, quien se preocupó más de los intereses de su patria que de los suyos. Creía así poner obstáculos a la acumulación de tantas riquezas, que debía tener por consecuencia inevitable la miseria del pueblo. Preveía que aquella suma bastaría en caso de guerra civil o de invasión extranjera, a la vez que por su pequeñez no provocaría la codicia ajena. Tal fue la causa principal que le movió a dictar tal ley. Pero tuvo además en cuenta otro motivo: quiso facilitar la circulación del dinero necesario para las cotidianas transacciones de los ciudadanos; y cuando precisaba enriquecer el Tesoro para subvenir a los gastos públicos, pensaba que no haciéndolo más que hasta un nivel razonable evitaría en muchas ocasiones cometer injusticias. Semejante rey sería temido por los malos y amado por los buenos.

»Si dijera esto, y otras cosas semejantes a los encarnizados partidarios de métodos totalmente opuestos, ¿no sería como hablar a los sordos?

—Realmente, fuera hablar a sordos —respondile—, pero no habría de sorprenderme. En verdad, de nada sirve discutir semejantes cosas, ni dar tales consejos, cuando se está seguro de que jamás serán aceptados. ¿Cómo podría influir útilmente un lenguaje tan inusitado sobre espíritus tan reacios a él e imbuidos profundamente de las teorías contrarias? Entre amigos, en una conversación íntima, es bien apacible la filosofía escolástica; mas los Consejos de los príncipes, donde se tratan con tanta autoridad importantísimos problemas, no es lugar a propósito para ella.

—Por esto —respondió Rafael— dije yo que no hay lugar para los filósofos en la Corte.

—Sin duda —repliquele—, y es cierto que la filosofía escolástica, que pretende ordenarlo todo, no puede aplicarse en to-

---

[48] Quizá a suma de 1.800.000 libras esterlinas (suma equivalente a unas veinte veces su valor actual) que, según se dice, contituía el tesoso privado de Enrique VII de Inglaterra, inspiró a Moro semejante limitación.

das partes. Pero existe otra filosofía más sociable que conoce el teatro del mundo y sabe adaptarse a él; que representa con gusto y de modo adecuado el papel que le ha sido asignado en la obra. Esta filosofía es la que debéis practicar.

»Si vos, en el transcurso de la representación de una comedia de Plauto, cuando los esclavos se insultan y chancean, aparecieseis en el proscenio con traje de filósofo y os pusierais a declamar aquel pasaje de la *Octavia* en que Séneca discute con Nerón, ¿no creéis que sería mejor tener en la obra un papel mudo en vez de convertirla en tragicomedia? Estropearíais y deformaríais el espectáculo al mezclar en él un elemento tan diferente, aun cuando lo que añadieseis fuera de calidad muy superior. Sea cual fuere la obra representada, encarnad vuestro personaje de la mejor manera posible, y no os divirtáis turbando el conjunto si recordáis algún pedazo mejor de otra.

»En los negocios de Estado y en los Consejos de los príncipes sucede lo mismo. Que no podáis desarraigar radicalmente las opiniones erróneas ni corregir los defectos inveterados, no es razón para desentenderos del Estado y no hay que abandonar la nave en la tempestad porque no podéis dominar los vientos. Un discurso insolente y desusado no podría mantenerse ante gente que profesa opiniones tan diversas y a la que no se podrá convencer. Precisa que sigáis un camino oblicuo y que procuréis arreglar las cosas de la mejor manera posible en lo que a vos os afecte. Si no conseguís realizar todo el bien, vuestros esfuerzos disminuirán por lo menos la intensidad del mal. Porque no es posible que las cosas vayan perfectamente hasta que los hombres sean todos buenos, cosa que no espero que suceda hasta dentro de muchos años.

—Obrando como vos decís —replicó Rafael—, sólo una cosa puede acaecerme: que al dedicarme a cuidar la locura de los demás, me vuelva loco como ellos. Cuando deseo decir verdades, es preciso que las diga. No sé si decir mentiras es propio de un filósofo, pero ciertamente no lo es en mí. Mis palabras parecerán, sin duda, molestas o desagradables, mas no veo que deban parecer extrañas hasta lo absurdo. Suponed que les explicase lo que finge Platón en su *República*, o lo que está en vigor entre los utópicos; lo cual, sea como fuere, es mejor que lo nuestro. No obstante les extrañaría mucho, ya que aquí domina el régimen de la propiedad privada, mientras que allí todas las cosas son comunes.

»Sin duda, al decir esto, no agradaré mucho a quienes se complacen en los peligros que muestro; empero, ¿qué diré que no sea conveniente y oportuno afirmar en cualquier lugar? Si debemos pasar en silencio, como si se tratase verdaderamente de cosas extrañas o de absurdos, todo lo que las pervertidas costumbres de los hombres hacen considerar como chocante, precisa que disimulemos en tal caso, lejos de los ojos de los cristianos, la mayor parte de lo que Cristo enseñó y prohibió, todas aquellas cosas que él susurró a oídos de los suyos recomendándoles que las proclamasen desde las azoteas[49]. Y la mayor parte de los preceptos cristianos difieren mucho de la manera de vivir actual, como ya expuse extensamente. En verdad, parece que los predicadores, gente sutil, siguieron vuestros consejos: viendo que los hombres se plegaban difícilmente a las normas establecidas por Cristo, las han acomodado a las costumbres, a la manera de una regla de plomo, para poder conciliarlas de alguna manera. No veo que con ello se haya ganado nada, a no ser una mayor tranquilidad para los que obran mal.

»Por lo que a mí atañe, no sabría ser de ninguna utilidad en los Consejos de los príncipes, ya que si opinase de manera diferente de la mayoría sería como si no opinase; y si de igual manera, sería auxiliar de su locura, como dice el *Mición* terenciano[50].

»No distingo el fin de vuestro camino oblicuo. Decís que a falta de poder realizar el bien, debemos procurar evitar el mal por todos los medios posibles. Pero no es aquél lugar de disimulos, ni es posible cerrar los ojos. Precisa aprobar las peores decisiones y las medidas más execrables. Hacer un elogio mitigado de tales medidas es pasar por espía, por traidor casi.

---

49 San Lucas, XII, 3.

50 Alusión a un fragmento de *Los Adelfos* de Terencio (I, escena 2, 65).

»Así, pues, no es posible realizar ninguna acción benéfica, ya que es más probable que el mejor de los hombres se corrompa en tales asambleas que no que corrija a sus compañeros. El trato con éstos, o bien le deprava, o bien le obliga a cubrir con su integridad e inocencia la maldad y la necedad ajenas. Estamos, pues, lejos de obtener un resultado satisfactorio con vuestro camino oblicuo.

»Por esto Platón, con una bellísima comparación[51], explica por qué los sabios se abstienen de los negocios públicos. Cuando observan la multitud que se extiende por las calles bajo un chaparrón y ven que no consiguen convencerla de que debe ponerse bajo techado, se dan cuenta de que es inútil salir y mojarse como los demás. Se quedan, pues, en casa, contentos de hallarse a cubierto, ya que no pueden curar la necedad ajena.

—No me parece menos cierto, amigo Moro —ya que quiero deciros lo que guarda mi espíritu—, que dondequiera que exista la propiedad privada, donde todo se mide por el dinero, no se podrá conseguir que en el Estado reinen la justicia y la prosperidad, a menos de considerar justo un Estado en que lo mejor pertenece a los peores y próspero un país en que un puñado de individuos se reparten todos los bienes, disfrutando de las mayores comodidades, mientras la mayoría vive en profunda miseria.

»Así, en mi interior reputo prudentísimas y santísimas las instituciones de los utópicos. Pocas leyes les bastan para asegurarles un excelente gobierno. Aunque el mérito sea recompensado, la distribución por igual de los bienes permite que todos vivan en la abundancia. ¡Qué contraste entre estas costumbres y las de nuestros países, donde son precisas siempre buenas leyes para que estén bien administradas y a pesar de esto nunca lo están bastante! En nuestros países, cada uno llama suyo a lo que posee, y todas las leyes sobredichas no bastan para regular la adquisición de los bienes, ni para asegurar su conservación, ni para establecer claramente una distinción entre lo que os pertenece y

---

[51] *República*, Libro VI, § 496.

lo que pertenece a otro, que también alega su derecho de propiedad privada. Prueba de ello es la infinidad de pleitos que constantemente nacen y que no terminarán nunca. Cuando considero todo esto, doy la razón a Platón y no me sorprende que rehusara hacer leyes para quienes no aceptaban la división equitativa de los bienes entre todos. Aquel varón prudentísimo preveía sagazmente que el único medio de salvar a un pueblo es la igualdad de condiciones, cosa que no creo que pueda obtenerse mientras exista la propiedad privada.

»En efecto, desde que todos pueden apoyarse en algunos títulos para aumentar tanto como es posible sus posesiones, un corto número de personas se reparten todas las riquezas del país, por abundantes que sean, y a los demás sólo les queda la pobreza. Sucede frecuentemente que los pobres son más dignos de la fortuna que los ricos, ya que éstos son rapaces, inmorales e inútiles y, en cambio, aquéllos son modestos y sencillos y su trabajo cotidiano es más provechoso para el Estado que para ellos.

»Por esto estoy persuadido de que el único medio de distribuir equitativamente los bienes y de asegurar la felicidad de la sociedad humana es la abolición de la propiedad. Mientras subsista, la mayoría de los mortales, y entre ellos los mejores, conocerán las ansias de la miseria, de todas sus inevitables calamidades; situación que, aunque sea susceptible de ser mejorada, actualmente considero que no puede ser evitada de manera absoluta. Puede decidirse, si se estatuyera, que nadie posea más de una determinada extensión de tierra o suma de dinero que se fijarán legalmente; pueden arreglarse las cosas de manera que ni el príncipe sea en extremo poderoso, ni el pueblo demasiado insolente; que los magistrados no sean concusionarios, ni los cargos venales, haciendo que el ejercicio de estas altas funciones no lleve aparejados gastos suntuarios, para que sus titulares no tengan la tentación de procurarse dinero con fraudes ni rapiñas, y que no sean designados entre los más ricos en vez de escoger los mejores y más competentes.

»Semejantes leyes, parecidas a los remedios con que se intenta reanimar un cuerpo enfermo, pueden ser paliativos y endulzar los males del cuerpo social; pero no habrá esperanza alguna de curarlo ni de devolverle la salud, en tanto que se mantenga la propiedad privada. Mientras tratéis de curar un miembro, irritaréis otro. Así la curación de uno provoca la enfermedad de otro, ya que nada puede darse a un hombre que no sea quitándoselo a otro.

—En cuanto a mí —respondile— creo, por el contrario, que no podría vivir feliz en un régimen colectivista; ya que, donde se obtienen las cosas sin esfuerzo, todos dejan de trabajar. Cualquiera se convierte en un holgazán cuando no existe el estímulo de la ganancia y se descansa sobre la actividad ajena. Y ¿cómo evitar que el temor a la miseria, la imposibilidad de que cada uno conservase, protegido por la ley, el bien que hubiese adquirido, engendraran fatalmente incesantes asesinatos y sediciones? Además, no me imagino cómo podría mantenerse la autoridad de los magistrados y el respeto que se les debe, entre hombres que no admitieran ninguna distinción entre sí.

—No me admiran vuestras razones —respondió—; se ve claramente que no tenéis ninguna idea sobre un Estado semejante, o que, a lo más, sólo tenéis ideas falsas. Verdaderamente, si hubierais estado conmigo en Utopía, si hubieseis contemplado sus costumbres e instituciones, como yo lo hice, viviendo allí más de cinco años —y no habría abandonado aquel nuevo mundo si no hubiera sido con la intención de revelar su existencia—, reconoceríais sin duda que no se encuentra en parte alguna pueblo tan bien administrado como aquél[52].

—No me convenceréis —dijo Pedro Egidio— de que exista en aquellas nuevas tierras una nación más bien gobernada que las de nuestro mundo. Pienso que no hay entre nosotros ingenios menores que allí, y que nuestros Estados, que son más antiguos, han sabido asegurarnos, gracias a una larga experiencia, todo el bienestar de la existencia, sin hablar de aquellos descubrimientos debidos al azar y que ningún ingenio fuera capaz de concebir.

---

[52] Moro, por boca de Hytlodeo, no afronta directamente la objeción que se le ha hecho, y la soslaya exponiendo las excelencias de la constitución utópica.

—En cuanto a la antigüedad de los Estados —dijo Rafael—, no podríais decidiros sinceramente hasta haber estudiado las crónicas del nuevo mundo. A darles fe, entre ellos existieron las ciudades antes que los hombres entre nosotros.

»En cuanto a las invenciones del ingenio humano y a los descubrimientos debidos al azar, pueden producirse en todas partes. Por otro lado, aunque creo que estamos mejor dotados que ellos, en actividad e industria nos llevan ventaja.

»Según sus anales, no oyeron hablar jamás de nuestro mundo (que llaman "Ultraequinoccial") antes de nuestra llegada. Pero hace más de mil doscientos años, un navío, empujado por la tempestad, naufragó en las costas de Utopía. Algunos egipcios y romanos fueron lanzados a las costas de aquella tierra que jamás debían abandonar.

»¡Ved en esta ocasión los resultados que obtuvo de tal acontecimiento fortuito el talento de los utópicos! No hubo arte ni oficio de los practicados en el Imperio Romano que no aprendieran de los huéspedes, desenvolviendo así los conocimientos elementales que poseían. ¡Tan útil les fue aquella única visita de extranjeros!

»Si, por un azar parecido, alguno de los suyos fue arrojado a nuestras playas, el recuerdo se ha perdido. Y quizá los descendientes de los actuales utópicos ignorarán siempre que yo viví entre ellos.

»A poco de haber trabado relaciones con ellos habían hecho suyas nuestras mejores invenciones, pero creo que pasará mucho tiempo antes de que imitemos sus instituciones, que son, no obstante, muy superiores a las nuestras. Y ésta es la causa de que su Estado —aunque no seamos inferiores a ellos en inteligencia ni en riqueza— esté mejor organizado que los nuestros y se desarrolle en medio de la mayor felicidad.

—Entonces, amigo Rafael —díjele—, os ruego que nos describáis la isla, sin preocuparos de ser breve. Mostradnos sucesivamente campos, ríos, ciudades, hombres, costumbres, instituciones, leyes, todo aquello que creáis que pueda interesarnos, todo lo que supongáis que ignoramos.

—Nada haré con tanto gusto como esto —respondió—. Pero la cosa exige tiempo.

—Vamos, pues, a comer —le dije—: después hablaremos.

—Sea —contestó. Y fuímonos a comer.

Comimos. Volvimos al mismo lugar y nos sentamos en el mismo banco. Di orden a los criados de que no fuésemos molestados. Pedro Egidio y yo rogamos entonces a Rafael que cumpliera lo prometido. Y como nos viera atentos y ávidos de escucharle, después de concentrarse un momento en silencio, principió a hablar de esta manera.

FIN DEL LIBRO PRIMERO

LIBRO SEGUNDO

Discurso de
RAFAEL HYTLODEO

sobre la mejor de las Repúblicas, por
TOMÁS MORO,
ciudadano y vice-sheriff londinense

Descripción de la isla

La isla de Utopía tiene en su parte media (es decir, en la más ancha), sobre unos doscientos mil pasos. Esta distancia no se reduce más que en los dos extremos, en los que la isla se estrecha progresivamente. Su perímetro, de quinientos mil pasos, parece trazado a compás, y ofrece en conjunto la forma de Luna en creciente[53].

Un estrecho de cerca de once mil pasos separa los extremos, y, en el inmenso golfo interior que las altas montañas protegen contra los vientos por todas partes, el mar extiende sus aguas encalmadas, tan quietas como las de un lago. Casi toda esta costa constituye así un verdadero puerto, y sus habitantes sacan gran provecho de las naves que atraviesan el golfo en todas direcciones.

Los bajíos y los escollos dificultan su entrada. Casi en mitad del estrecho álzase una roca visible desde lejos y que no ofrece peligro alguno, dominada por una torre ocupada por una guarnición. Las demás rocas, ocultas bajo el agua, son verdaderamente peligrosas. Solamente los naturales del país conocen los pasos; por ello no es de extrañar que los navíos extranjeros se provean de un piloto utópico al penetrar en el estrecho; y aun los mismos habitantes de la isla no se aventurarían sin riesgos por esos pasos si no fuera por ciertas señales situadas en la costa que marcan el buen camino. Bastaría cambiarlas de sitio para que cualquier flota enemiga corriese hacia su perdición[54].

---

[53] La isla tiene la forma aproximada de una herradura, entre cuyos brazos se abre la gran bahía de que luego se hablará.

[54] Sobre otros procedimientos poco nobles de guerrear de los utópicos, véase más adelante el capítulo dedicado al arte de la guerra.

En la otra parte de la isla no escasean los puertos. Pero siempre los puntos de fácil desembarco se hallan tan bien protegidos por medios naturales o artificiales, que un puñado de defensores rechazaría fácilmente a un ejército poderoso.

Además, según se dice, y lo indica el aspecto del país, aquella tierra no estuvo en épocas pasadas rodeada de mar por todos lados: Utopo, el conquistador, de quien deriva el nombre del país, pues antes era llamado Abraxa[55], el que hizo de aquellos pueblos rudos y agrestes una nación que hoy sobrepasa a casi todas las demás en cultura y civilización, mandó cortar inmediatamente después de su victorioso desembarco y de su conquista el istmo de quince mil pasos que unía el país al continente; y así el mar circundó aquella tierra por todos lados.

Para hacer esto, no se contentó con requisar a los indígenas; para que ese trabajo no les pareciese una humillación unió a ellos todo su ejército. El trabajo, repartido entre tantos individuos, fue realizado con rapidez increíble, y este éxito admiró y aterró a los pueblos vecinos, que al principio burlábanse de aquella empresa que consideraban vana.

La isla tiene cincuenta y cuatro ciudades magníficas y espaciosas, cuya lengua, costumbres, organización y leyes son perfectamente idénticas. Semejante es también su distribución y aspecto, en cuanto lo permite el terreno. La distancia mínima entre dos de ellas es de cuatro mil pasos. Al contrario, ninguna se halla tan aislada que no pueda llegarse a la ciudad vecina andando por espacio de un día.

Todos los años, tres habitantes de cada ciudad, ancianos y experimentados, se reúnen en Amaurota[56] para tratar de las cuestiones comunes a todo el país. Aquella ciudad, que cons-

---

[55] Del griego Αβρεχτοσ, «sin lluvias».
[56] El nombre deriva de αμανρτόσ, «oscuro», de donde αματρωσισ, «oscurecimiento». Moro quizá tuvo en su mente la imagen de Londres al crear su Amaurota. La abundancia de nieblas en la capital inglesa acaso explique la derivación del nombre de la Utopía, pero lo más probable es que el autor pretendiera expresar la vaga existencia de tal ciudad.

tituye como el ombligo de la isla, es la más cómoda para los diputados de todas las regiones, y por ello es considerada como la capital.

Las tierras han sido tan bien distribuidas a los habitantes, que la distancia de cada ciudad al extremo de su territorio nunca es inferior a veinte mil pasos, y aun a veces es superior, según la distancia que existe de unas a otras ciudades. Ninguna de éstas siente jamás deseos de extender sus límites, ya que los utópicos se consideran como meros cultivadores y no como propietarios de sus tierras.

Las casas de los campos donde residen están bien dispuestas y provistas de material agrícola. Habítanlas ciudadanos que las ocupan por riguroso turno. Una familia agrícola se compone de cuarenta personas como mínimo, hombres y mujeres, a los que se añaden dos esclavos; y se halla dirigida por un padre y una madre de familia, llenos de experiencia y de gravedad. Cada treinta familias lo son por un *filarca*. Todos los años, veinte miembros de cada familia vuelven a la ciudad, después de haber pasado dos años en el campo, y son sustituidos por igual número de recién llegados de la ciudad, que son ejercitados en las tareas agrícolas por los antiguos, instalados en el campo desde un año antes, y, por tal razón, conocedores de dichas tareas. Los recién llegados, a su vez, instruirán a los que lleguen al año siguiente. Evítase así que todos sean a la vez ignorantes o novicios en materia de agricultura, y que la cosecha sufra a causa de su impericia. Como este cambio de campesinos se realiza cada año, nadie está obligado a llevar durante un tiempo excesivo, y contra su voluntad, una vida harto dura. No obstante, muchos de ellos, que disfrutan en los trabajos del campo, piden poder quedarse allí algunos años más.

Los campesinos cultivan la tierra, crían animales, cortan leña y transportan sus productos a la ciudad por tierra o por mar, según les sea más cómodo. Crían un grandísimo número de pollos gracias a un procedimiento admirable. Los huevos no son incubados por las gallinas, sino que un gran número de ellos lo son por medio de un calor artificial mantenido a temperatura constante[57]. Los polluelos, al salir del cascarón, siguen a los hombres y los conocen como si fueran sus madres.

Los utópicos poseen pocos caballos, y éstos fogosísimos, y no los emplean más que para los ejercicios ecuestres de la juventud. Reservan para los bueyes todos los trabajos de labranza y de transporte, pues consideran que, aunque el buey no tenga el ímpetu del caballo, es más paciente y se halla menos expuesto a enfermedades. Además, su mantenimiento exige menores dispendios y cuidados, y, cuando ya no es útil para el trabajo, sirve de alimento.

Acostumbran sembrar sólo el trigo necesario para elaborar pan. Beben vino de uvas, de manzanas o de peras, así como agua pura o mezclada con miel y regaliz, que poseen en abundancia. Aunque conocen por experiencia (lo han determinado exactamente) el consumo de cada ciudad y de su territorio, no dejan por esto de sembrar una cantidad de trigo muy superior a sus necesidades; y lo mismo hacen con el ganado que crían, reservándose distribuir el sobrante entre los vecinos. Todo lo que se necesita para los trabajos del campo y que no se encuentra allí, es pedido a la ciudad. Los magistrados de ésta lo entregan sin dificultad y sin recibir nada en cambio. Cada mes se reúnen para celebrar un día de fiesta. Al acercarse la cosecha, los filarcas agrícolas fijan a los magistrados urbanos el cupo de ciudadanos que deben serles enviados; esta multitud de cosechadores llega el día oportuno, y cuando el tiempo es sereno, la recolección se hace casi en un solo día.

De las ciudades y especialmente de Amaurota

Conociendo una ciudad de Utopía se conocen todas, tan semejantes son unas a otras, en lo que permite la naturaleza de cada

---

[57] La incubación artificial a que Moro se refiere aquí, era casi desconocida en su tiempo, aunque diversos autores precedentes, como Plinio el naturalista y el autor de los *Viajes de Sir John de Mandeville,* uno de los libros más populares en los últimos siglos medievales, aluden al procedimiento.

lugar. Podría descubrir una cualquiera de ellas. Pero ¿por qué no escoger Amaurota? Es la más digna de ello, ya que es, por deferencia de las restantes, la sede de la Asamblea. Además es la que mejor conozco, por haber vivido en ella cinco años seguidos.

Hállase situada en el suave declive de una colina, teniendo forma casi cuadrada. Comienza un poco más abajo de la cima de aquélla y se extiende por espacio de dos mil pasos hasta el río Anhidro[58], cuya orilla cubre en una extensión un poco mayor.

El Anhidro nace ochenta millas más arriba de Amaurota, de un modesto manantial; pero engrosado por varios afluentes, dos de los cuales son de relativa importancia, tiene, al entrar en la ciudad, quinientos pasos de anchura. Pronto se hace más caudaloso y desemboca en el océano después de recorrer otras sesenta millas. En el espacio que separa la ciudad del mar, y hasta algunas millas más arriba de aquélla, el flujo, que dura seis horas diarias, y el reflujo determinan alternativamente en el río una rápida corriente. Con la marea alta, las olas saladas llenan en un espacio de treinta millas todo el lecho del Anhidro, empujando hacia arriba al agua dulce, a la que alteran con su salinidad. Después, el agua del río deja paulatinamente de ser salada y recobra su pureza primitiva al atravesar la ciudad; la que, con la marea baja, llega al estuario, es agua perfectamente pura.

La ciudad está unida a la orilla opuesta por un puente, no de madera o de pilares, sino de magníficos arcos de sillería, puente que está situado en el punto más alejado del mar, lo cual permite que los navíos puedan atravesar sin obstáculos todo el frente de la ciudad. Tienen también otro río, de poco caudal, pero muy placentero y agradable. Brota de la misma montaña en que está asentada Amaurota, atraviesa por en medio de la ciudad y

---

[58] El nombre Ανυδροσ, «sin agua», responde a la sugestión de la misma atmósfera de inexistencia propia de lo que jamás podrá existir más allá de la imaginación, que llena todo el libro.

La imagen del río amaurotano coincide en muchos aspectos con la del Támesis inglés. Las notas marginales de la edición de 1518 insisten en aquella semejanza, al decir que el río «hace lo mismo que entre los ingleses el Támesis».

se vierte en el Anhidro. Los amaurotanos han rodeado de fortificaciones enlazadas a los muros de la ciudad la fuente en donde nace. Así, en caso de ataque enemigo, su curso no puede ser interrumpido, desviado ni emponzoñado. Salen de allí canales de barro cocido que distribuyen el agua en todas direcciones, hacia la parte inferior de la ciudad. Cuando el terreno no permite emplear este procedimiento, utilízanse vastas cisternas, donde es recogida el agua de lluvia.

Un muro alto y grueso, con abundantes torres y bastiones, ciñe la ciudad. Un foso sin agua, ancho y profundo, repleto de ortigas y de espinos, circunda la muralla por tres lados. En el cuarto lado, el mismo río sirve de foso.

Las avenidas de la ciudad han sido trazadas de tal manera que facilitan el tránsito y se hallan al abrigo de los vientos. Los edificios están extremadamente bien cuidados y limpios, formando dos líneas continuas de casas enfrentadas en cada calle. Detrás de cada casa, a lo largo de la calle, extiéndense vastos jardines, cerrados por todos lados por las casas que se adosan a ellos. No existe mansión alguna que no tenga puerta en la calle y poterna en el jardín. Las dos hojas de cada puerta se abren con una simple presión y se cierran solas, entra quien quiere, ya que no existe en absoluto la propiedad, y cada diez años cámbianse de casa, previo sorteo.

Los utópicos preocúpanse mucho de sus jardines. En ellos tienen vides, frutales, plantas y flores; una vegetación tan rica y tan cuidada, que nunca vi otra que diera mejor rendimiento ni que fuera más bella. Su afición a tales cultivos proviene, no sólo de la satisfacción que les produce, sino de los concursos que celebran entre barrios para ver cuál tiene el más bello jardín. Difícil sería encontrar en toda la ciudad algo que mejor respondiera a las necesidades y a la diversión de todos, tanto que el fundador del Estado parece que se preocupó especialmente de crear esos jardines.

El plano de la ciudad fue enteramente trazado, desde el principio, por el propio Utopo. Pero el trabajo de ornato y perfeccionamiento lo dejó en manos de sus sucesores, viendo que una vida humana no hubiera bastado para ello. Así sus anales, que comprenden un período de mil setecientos sesenta años, a partir de la conquista, anales que conservan diligente y religiosamente, nos dicen que las habitaciones eran en los primeros tiempos casas bajas, cabañas y chozas, construidas de cualquier modo, con maderos, y de paredes recubiertas de barro y techos puntiagudos de bálago. Ahora todas las casas tienen tres pisos; las paredes exteriores son de piedra estucada o de mampostería; en el interior recúbrense los agujeros con yeso. Los techos, planos, hállanse recubiertos de un producto que los hace ininflamables y más resistentes a la intemperie que el plomo. Los utópicos ponen vidrio (que usan con mucha frecuencia) en las ventanas, para no dejar pasar el viento. También usan a veces un tejido tenuísimo, impregnado de aceite traslúcido o de ámbar, procedimiento que ofrece la doble ventaja de dejar pasar más luz y de proteger mejor contra el viento.

De los magistrados

Cada grupo de treinta familias elige anualmente entre sus miembros un magistrado, llamado *sifogrante* en el idioma antiguo y *filarca* en el moderno. A la cabeza de diez sifograntes y de sus familias hállase el que antes se llamaba *traniboro*[59] y hoy *protofilarca*.

Todos los sifograntes, que son unos doscientos, después de haberse juramentado para elegir al hombre que consideran mejor, escogen, mediante escrutinio secreto, un príncipe[60] seleccionándolo entre cuatro candidatos propuestos por el pueblo; cada cuarta parte de la ciudad designa un candidato y lo recomienda al Senado. El príncipe es un magistrado vitalicio, a no ser que se haga sospechoso de aspirar a la tiranía. Los traniboros

---

[59] Este nombre, como el de traniboro, son puras invenciones de Moro.

[60] Trátase aquí, no del gobernante de toda la isla, sino del jefe de la ciudad.

son elegidos anualmente; pero se reeligen, a menos de existir algunos motivos serios en contra. Los restantes magistrados se renuevan cada año.

Cada tres días, o aun más frecuentemente si lo exige el caso, los traniboros se reúnen en Consejo con el príncipe y deliberan acerca de los negocios públicos. Dirimen las divergencias entre particulares, cuando se producen, que es cosa rara. Dos sifograntes asisten cotidianamente a las sesiones del Senado, aunque nunca los mismos dos veces seguidas. Velan por que no se ratifique, concerniente a la cosa pública, nada que no haya sido previamente discutido en el Senado con tres días de antelación a la votación. Deliberar sobre los negocios públicos fuera del Senado o de los comicios públicos castígase con pena capital. Estas reglas se han establecido para evitar que el príncipe pudiera fácilmente oprimir al pueblo y modificar el régimen, de acuerdo con los traniboros. Así que toda cuestión que se juzga de alguna importancia es enviada a la Asamblea de los sifograntes; éstos, después de haber consultado con sus familias, deliberan entre sí, y exponen su opinión al Senado. A veces, la cuestión se lleva al Consejo general de la isla.

Quiere además la costumbre que nunca se discuta en el Senado una proposición el mismo día en que fue presentada y que la discusión se aplace hasta la sesión siguiente. Así nadie se halla expuesto a decir lo que primero le viniere a los labios y a tener que defenderlo entonces en vez de sostener lo que sería más conveniente al interés público; porque, por una vergüenza muy fuera de lugar, anteponemos generalmente la propia reputación al interés del Estado y no queremos dejar traslucir que no reflexionamos, cuando, si lo hubiéramos hecho al comenzar, habríamos hablado con conocimiento de la cuestión y no con ligereza.

De los oficios

Existe un oficio que todos los utópicos, hombres y mujeres, ejercen: la agricultura, del conocimiento de la cual nadie se halla dispensado. Todos son instruidos en ella desde la infancia, bien sea mediante una instrucción teórica dada en la escuela, bien por prácticas ejecutadas a guisa de juego en los campos vecinos a la ciudad. Los niños no se contentan observando, sino que se entregan al trabajo corporal, lo cual les permite ejercitar sus músculos.

Además de la agricultura, que es, como dije, tarea a todos común, aprenden un oficio determinado: tejedores de lana y lino[61], albañiles o artesanos, carpinteros o herreros.

No hay otras ocupaciones verdaderamente importantes entre los utópicos. La forma de los vestidos es la misma en toda la isla, invariable e idéntica para todas las edades; sirve sólo para distinguir un sexo de otro, y los solteros de los casados. Estos vestidos no son de formas indecorosas y permiten la mayor libertad de movimientos al cuerpo, que protegen contra el frío y el calor. Cada familia confecciona sus vestidos. De esta manera, todos aprenden uno de aquellos oficios, tanto los hombres como las mujeres. Mas como éstas son más débiles, encárganse de los trabajos menos penosos. En general trabajan el lino y la lana. Resérvanse a los hombres los otros oficios, por ser más pesados.

Casi siempre todos adoptan los oficios de sus padres, por propensión natural. Mas si alguien se siente atraído por otro oficio, pasa a formar parte, por adopción, de alguna de las familias que lo ejercen. Su progenitor y los magistrados velan por que tenga como maestro a un grave y honrado padre de familia. Además, si, poseyendo un oficio, alguno desea aprender otro, se le ofrece la misma posibilidad. Después podrá escoger entre ambos oficios, a menos que la ciudad carezca de artesanos de uno de ellos.

La función principal, y casi única, de los sifograntes consiste en procurar que nadie esté ocioso, que todos ejerciten con-

---

[61] Inglaterra y Flandes, donde escribió Moro su *Utopía*, poseían ya entonces industria textil floreciente. Además, durante el siglo XV se construyó con gran intensidad en Inglaterra. Ambos hechos explican acaso la prelación de los tejedores y albañiles en la lista de oficios que practicaban los utópicos.

cienzudamente su oficio, sin que, no obstante, lleguen a fatigarse como bestias de carga trabajando constantemente hasta la noche. Esto sería peor que la esclavitud; y, no obstante, ésta es, en casi todas partes, la vida de los trabajadores, excepto en Utopía[62].

Dividen allí la jornada en veinticuatro horas iguales, contando en ella el día y la noche. Destinan seis al trabajo: tres por la mañana, después de las cuales van a comer; acabada la comida reposan dos horas, y luego trabajan otras tres horas, hasta el momento de la cena. Cuentan las horas a partir del mediodía. Se van a dormir a las ocho y duermen ocho horas.

Cada cual utiliza como le place el espacio de tiempo comprendido entre el fin del trabajo y el momento de la cena y de irse a dormir; pero no lo consagran a la holganza ni a la voluptuosidad, sino a alguna ocupación distinta de su oficio y escogida según sus gustos. La mayoría de ellos se dedica en sus ratos de ocio al cultivo de las letras, y suelen asistir, en las primeras horas de la mañana, a unos cursos públicos, que sólo siguen por obligación los que se dedican particularmente a las letras. No obstante, gran copia de hombres y de mujeres asisten, según sus aficiones, a alguno de aquellos cursos. Pero los que prefieren emplear este tiempo en su propio oficio —cosa que sucede a muchos, ya que pocos tienen capacidad para la elevación del alma que procuran la meditación y el estudio— pueden hacerlo, y aun son alabados, por ser así más útiles al Estado.

Después de la cena pasan una hora en diversiones: en verano en los jardines y en invierno en las salas comunes donde comen. Allí se ejercitan en la música, o se recrean conversando. Los dados y demás perniciosos juegos de azar son absolutamente desconocidos. No obstante, practican dos juegos, que se parecen algo al ajedrez. Es el uno un combate de números, en el cual resulta vencedor uno de ellos. El otro es una verdadera batalla en

---

[62] Las condiciones de trabajo en las mayoría de los países europeos contemporáneos de Moro eran extremadamente duras. En Inglaterra, por ejemplo, la jornada de trabajo duraba desde las cinco de la mañana hasta las seis o las siete de la tarde, con sólo dos horas de intervalo para las dos comidas.

la que se enfrentan vicios y virtudes. Este último muestra las divisiones existentes entre los vicios y su alianza contra las virtudes; cuál es el vicio enemigo de cada virtud; qué fuerzas utilizan para combatir abiertamente; qué estratagemas emplean para atacar por el flanco; de qué medios disponen las virtudes para romper los asaltos del vicio; por qué medios pueden evitarse, y, finalmente, de qué manera uno u otro bando alcanza la victoria[63].

Pero llegó el momento de examinar a fondo una cuestión, para evitar errores. Quizá pensaréis que una jornada de seis horas producirá necesariamente escasez. Mas no es así. Tal jornada, no sólo basta para procurar lo necesario a las necesidades y comodidades de la existencia sino que las excede. Y lo comprenderéis si consideráis cuán grande es, en los restantes países, la parte de la población que pasa el tiempo en la holganza. En primer lugar, la mayoría de las mujeres, que constituyen la mitad de aquella población. Y donde las mujeres trabajan, casi siempre los hombres huelgan en lugar de ellas. Añadid la ociosa muchedumbre de los sacerdotes y religiosos, que así son llamados. Además, todos los ricos, especialmente los propietarios de latifundios, que el vulgo llama gentileshombres y nobles, y sus numerosos familiares, turbamulta de vagos armados de pies a cabeza, y, finalmente, los mendigos robustos y sanos que simulan una enfermedad cualquiera para ocultar su holgazanería. Veréis entonces que el número de los trabajadores cuya actividad se aplica a proveer las necesidades del género humano es muy inferior al que podáis suponer.

Considerad ahora que bien pocos de éstos ejercen un oficio indispensable. Como todo se mide entre nosotros por dinero, necesitamos dedicarnos a infinidad de profesiones perfectamente inútiles y superfluas, que sólo sirven para acrecentar el lujo y la deshonestidad.

Suponed que esa masa de hombres que ahora trabaja se repartiese entre los escasos oficios que responden al uso conveniente

---

[63] En este juego se combina el gusto medieval por la alegoría con reminiscencias de la *República* de Platón, en la que también se habla de un juego llamado «de las ciudades» (§ 422).

de los recursos naturales; la abundancia de los productos necesarios sería entonces tan grande, que los precios serían hasta excesivamente bajos para asegurar el sustento de los artesanos. Mas, si todos los hombres que hoy pierden el tiempo en oficios de lujo, si todas las personas que se corrompen en el ocio y la holganza, cada una de las cuales consume una parte de los productos del trabajo ajeno igual a la de dos productores, se viesen obligados a participar en un trabajo de interés general, se comprende fácilmente que cada individuo tendría que ejecutar un muy escaso trabajo para conseguir la producción de todo lo preciso para las necesidades y comodidades de la existencia, amén de los placeres verdaderos y naturales.

Esta verdad la demuestra claramente lo que sucede en Utopía. Apenas existen en cada ciudad y territorio de ella dependiente quinientas personas, hombres o mujeres, que teniendo edad y fuerzas para trabajar se hallen dispensadas de hacerlo. Entre éstas los sifograntes, aunque la ley los exima del trabajo, no tratan de evitarlo, para estimular a los demás con su ejemplo. Gozan también de exención aquellos a quienes el pueblo, a propuesta de los sacerdotes, y previo voto de los sifograntes en escrutinio secreto, ha otorgado una dispensa permanente para que puedan consagrarse al estudio. Los que defraudan las esperanzas que en ellos se cifraron, vuelven a formar parte de los artesanos. Sucede también frecuentemente que algún obrero, después de consagrar sus horas de ocio al estudio, realiza grandes progresos, y es dispensado de ejercer su oficio e incluido entre los letrados.

Entre éstos escógense los sacerdotes, los traniboros y el mismo príncipe, el *barzanes*[64], como se le llamaba en el idioma antiguo, el *ademos*[65], como es llamado en el moderno. Como el resto del pueblo no está ocioso ni se ocupa en oficios inútiles,

---

[64] En otro lugar dice Moro que la lengua de los utópicos debe mucho a la de los persas. El nombre de barzanes es seudopersa.
[65] En la tierra donde el río es Anhidro, no es de extrañar que el gobernante sea ademos, es decir, «sin pueblo».

fácil es calcular cuán pocas horas necesita cada uno para realizar su tarea.

Además de lo dicho, los utópicos poseen otra ventaja para la realización de los trabajos indispensables; saben simplificarlos mejor que los demás. La construcción y reparación de las casas exige en todas partes los cuidados asiduos de mucha gente, porque lo que el padre edificó, los herederos, poco cuidadosos, dejaron que se desmoronase lentamente. Lo que hubieran podido conservar con poco gusto, vese obligado su sucesor a reconstruirlo con grandes dispendios. A veces, la casa cuya construcción ha costado mucho dinero va a parar a manos de un espíritu refinado que no se digna preocuparse de ella; así descuidada se hundirá pronto y precisará igual cantidad de dinero para construir una nueva casa en otro lugar.

En Utopía, donde todo está organizado racionalmente de acuerdo con el interés público, es raro que sea preciso buscar sitio para las casas nuevas. No sólo se remedian fácilmente los desperfectos que se producen en ellas, sino que se previenen todos los posibles peligros de daño. Así, con poco trabajo, los edificios duran mucho tiempo; de tal manera, que los obreros de la construcción trabajan sólo de vez en cuando, aunque estén encargados siempre de preparar los materiales y de tallar las piedras para que las reparaciones sean más rápidas cuando llega la ocasión.

Considerad además cuán poco cuesta el vestido de los utópicos. Primeramente, en las horas de trabajo visten trajes de cuero o de pieles, que duran siete años. Cuando aparecen en público, se ponen una clámide que cubre aquellos rudos vestidos. El color, que es el natural de la tela, es uniforme en toda la isla. Así empléanse menos paños de lana que en cualquiera otra parte, aunque, ciertamente, resultan más baratos. La tela de lino requiere menos trabajo y es de mayor duración que en otros países. En ella solamente se considera la blancura y en los paños su limpieza; no se da valor alguno a la finura del tejido. En otras tierras no bastan apenas a cada hombre cuatro o cinco vestidos de paño, de colores diferentes, y otros tantos de seda, pero allí todos se contentan con uno solo, que les dura, por lo general, dos años. No existe causa alguna para que deseen más, ya que se hallan protegidos contra el frío, y el vestido no mejoraría su elegancia.

Aunque todos sólo se dediquen a oficios útiles y les consagren pocas horas de trabajo, ocasiónase superproducción de todos los bienes. Por esto se convoca, de vez en cuando, a una multitud enorme de habitantes a fin de que se dediquen a la reparación de las carreteras que se hallan en mal estado. Frecuentemente, y cuando no hay necesidad de requerir la ayuda de los ciudadanos, se decreta la reducción de la jornada de trabajo. Los magistrados no quieren obligar a los ciudadanos a realizar contra su voluntad un trabajo superfluo, ya que las instituciones de aquella República tienden esencialmente a libertar a todos los ciudadanos de las servidumbres materiales en cuanto lo permiten las necesidades de la comunidad, y a favorecer la libertad y el cultivo de la inteligencia. Consideran que en esto consiste la felicidad humana.

De las relaciones mutuas

Trataré de explicaros ahora cómo se regulan en Utopía las relaciones mutuas y la forma de distribución de las cosas. La ciudad está formada por familias, constituidas en grupos unidos por vínculos de parentesco. Las mujeres, al llegar a la nubilidad, se casan y viven en el domicilio de sus maridos; los hijos y los nietos quedan en la familia y deben obediencia al más anciano de los antecesores a menos que los años hayan debilitado la inteligencia de éste, en cuyo caso lo sustituye el pariente que le sigue en edad.

A fin de que la población no disminuya ni aumente de manera excesiva, se procura que cada familia (hay unas seis mil en cada ciudad, excepto las que no residen allí) no tenga menos de diez hijos púberes, ni más de dieciséis. El número de los impúberes es ilimitado. Se consigue esto enviando a las rarísimas familias poco numerosas el exceso de las que cuentan muchos hijos. Cuando la población de una ciudad es en total demasiado numerosa, sirve para resarcir la falta de ella en las menos pobladas. Y si en toda la isla la masa de la población es excesiva, se designan en cualquier ciudad algunos habitantes para que vayan a fundar en el cercano continente una colonia a la que los habitantes de Utopía dan sus leyes. Escogen un territorio en el cual los indígenas posean más tierras de las que necesitan y que no cultivan. Al ocupar la tierra se atrae también a los indígenas, por poco que éstos acepten vivir con ellos. Gracias a esta unión voluntaria y a la comunidad de instituciones y costumbres, ambos pueblos, para bien de todos, llegan fácilmente a fundirse en uno solo.

Debido a sus procedimientos, los utópicos consiguen hacer fértil, para la nueva colonia, la tierra que los habitantes primitivos consideraban árida e ingrata.

Los pueblos que se resisten a la convivencia son expulsados de sus tierras, que son adjudicadas a los colonizadores. Si algunos ofrecen resistencia, los nuevos colonos guerrean contra ellos, porque tienen por justa causa de guerra la simple posesión de un territorio por un pueblo que lo mantiene yermo, inútil y desierto, mientras prohíbe su uso y posesión a los que, por ley natural, tienen el derecho de hallar en él alimento[66].

Si sucediera que la población de algunas ciudades de Utopía disminuyese hasta tal punto que los restantes lugares de la isla no bastasen a cubrir el vacío sin variar su cifra normal de habitantes —cosa que, según parece, ha sucedido dos veces durante su historia, a consecuencia de la peste—, repatriarían a los habitantes de una colonia para repoblar las ciudades de la metrópoli, pues los utópicos prefieren la desaparición de sus colonias a la disminución de la importancia de cualquier ciudad.

---

[66] Los procedimientos colonizadores de los utópicos ofrecen muchos puntos de contacto con los usados por Inglaterra a lo largo de su historia colonial. Moro parece haberlos intuido.

Mas volvamos al régimen en que los ciudadanos viven en comunidad. Repito que es el más anciano quien rige la familia; las mujeres sirven a sus maridos; los hijos a sus padres. En general, los más jóvenes sirven a sus antecesores. La ciudad toda se divide en cuatro partes iguales, en mitad de cada una de las cuales hay un mercado público. Allí, y en almacenes especiales, cada familia entrega los productos de su trabajo, que son repartidos según su especie en distintos almacenes. Cada padre de familia va a buscar allí lo que necesitan él y los suyos; y se lleva lo que desea, sin entregar dinero ni cosa alguna en cambio. ¿Por qué habrían de negarse a permitírselo? Habiendo como hay profusión de todas las cosas, ¿quién pedirá más de lo necesario? No es de suponer que se exijan cosas superfluas cuando todos están seguros de no carecer de nada. Sólo el temor a las privaciones es la causa que hace ávidos y rapaces a todos los seres vivientes; mas en el hombre la causante es únicamente la soberbia, pues le hace vanagloriarse de superar a los demás en riquezas superfluas, cosa que las instituciones de Utopía no permiten en manera alguna.

Además de los almacenes de que llevo hablado, hay mercados de comestibles, a los que no sólo se llevan los frutos, legumbres y pan, sino pescado y toda la carne comestible de cuadrúpedos y aves, que fuera de la ciudad son muertos y limpiados en agua corriente por esclavos, puesto que los utópicos no toleran que sus conciudadanos se acostumbren a matar seres vivientes, ya que, según dicen, tal práctica va ahogando paulatinamente el sentimiento de piedad, esencial a la naturaleza humana. No quieren tampoco dejar que entren en la ciudad inmundicias y carnes putrefactas que pudieran infectar el aire y propagar enfermedades.

Hay además en cada barrio vastos edificios construidos a distancias iguales, cada uno de los cuales tiene su nombre particular. En ellos viven los sifograntes. Hállanse adscriptas a cada uno treinta familias —quince en cada uno de los dos lados del mismo—, que comen allí. Los proveedores de cada edificio van al mercado a horas determinadas y piden en él alimentos en cantidad proporcionada al número de habitantes que tienen a su cargo.

La primera cosa de que se preocupan los utópicos es de sus enfermos, que son cuidados en hospitales públicos (hay cuatro en el recinto de la ciudad, un poco más allá de las murallas), tan capaces que podrían compararse a pequeñas ciudades. Los enfermos, por abundantes que sean, jamás sufren estrecheces ni incomodidades por tal causa. Esto permite también aislar a aquellos que por razón de su mal podrían provocar contagios. Dichos hospitales están perfectamente organizados y provistos de todo lo necesario para los enfermos; las curas se hacen con dulzura y rapidez; los médicos más expertos se hallan constantemente en ellos. Y como nadie entra contra su voluntad, no hay en toda la ciudad quien, al caer enfermo, prefiera ser cuidado en su propia casa en vez de serlo en el hospital.

Cuando los proveedores de los hospitales se han procurado lo prescrito por los médicos, se reparten los mejores alimentos, de manera equitativa y según el número de los comensales, entre los proveedores de los edificios de la ciudad. Tiénense, no obstante, particulares atenciones al príncipe, al pontífice y a los traniboros, así como a los embajadores y a los extranjeros. Éstos son, por lo general, pocos, pues raras veces van a Utopía. Al llegar allí, encuentran casas especialmente preparadas para ellos, provistas de todo lo necesario.

Toda la sifografía se dirige a toque de clarín, y en horas fijas, al respectivo edificio, para comer o cenar allí en comunidad, sin más excepción que la de aquellos ciudadanos que comen en su casa o en los hospitales.

No está prohibido hacer provisiones para sí en los mercados, cuando los comedores estén ya provistos. Pero saben que nadie obrará de tal manera; todos tienen la facultad de comer en sus casas, pero nadie usa de semejante privilegio. Considerarían necio e inconveniente ocuparse en preparar un mediano condumio, cuando una comida opípara y selecta está dispuesta en el comedor público. De todos los trabajos sucios o pesados del comedor encárganse esclavos. La preparación y cocción de los alimentos va a cargo de las mujeres, que se van alternando por familias. Asimismo son ellas quienes ponen las mesas. Son éstas tres o más, según el número de comensales. Los hombres siéntanse junto a las paredes; las mujeres al lado opuesto. Si se encuentran mal, como les sucede a veces, a las embarazadas especialmente, así situadas pueden levantarse de la mesa sin molestar a ninguno de los de la hilera, e irse al cuarto de las nodrizas.

Éstas siéntanse con los pequeñuelos en un comedor especial, donde hay siempre fuego, agua limpia y cunas; así pueden meterlos en cama o dejarlos que jueguen libremente junto al fuego después de haberlos desfajado. Cada mujer amamanta siempre a su hijo, a no ser que la muerte o alguna enfermedad lo impidiese. Cuando esto sucede, las esposas de los sifograntes buscan inmediatamente una nodriza, que hallan fácilmente, ya que las mujeres que pueden prestar este servicio se ofrecen a ello con gran placer. Este acto de misericordia les vale grandes alabanzas y el niño considera a la nodriza como a su propia madre.

Todos los niños de menos de cinco años viven en el departamento de las nodrizas. Los hijos impúberes —y son considerados así los muchachos de uno u otro sexo hasta que llegan a la edad de casarse— sirven la mesa o, si por razón de su edad no tienen fuerzas suficientes para ello, permanecen en pie junto a los comensales sin hacer el menor ruido. Comen lo que les ofrecen las personas mayores, sin tener otro momento asignado para sus comidas. Al centro de la primera mesa, que está en el lugar de preferencia (se halla situada transversalmente al fondo de la sala, dominando a las restantes), rodeados de todos los comensales, siéntanse el sifogrante y su esposa. Acompáñanles dos ancianos de los de más edad. Los demás siéntanse a las mesas por grupos de cuatro. Y si en la sifograntía hubiera un templo, son el sacerdote y su esposa quienes se sientan y presiden junto al sifogrante. A las mesas de ambos lados de la de honor están sentados los comensales más jóvenes, siguiendo después los más viejos; de ese modo, en toda la casa se reúnen las personas

104

de parecida edad a la vez que se mezclan las de distintas edades. Hácenlo así para que la gravedad de los ancianos y la reverencia que se les debe impidan las extralimitaciones de lenguaje o de gestos en los jóvenes, ya que, hallándose a la mesa, cuanto se haga o diga es visto desde todas partes por los vecinos.

La distribución de la comida no se hace comenzando por la primera mesa, sino distribuyendo los mejores bocados a los ancianos que ocupan los sitios de honor; después hácense partes iguales para los restantes comensales. Las porciones de los ancianos no son tan copiosas que puedan ser repartidas sin contar entre todos. Pero pueden repartir a su gusto con sus vecinos más cercanos los trozos elegidos que les son servidos. Así se honra a los ancianos, como es debido, y el homenaje beneficia a la colectividad.

Todas las comidas y cenas comienzan con la lectura de un libro de moral[67], lectura que es corta para que no produzca aburrimiento. Después, los ancianos inician una conversación, honesta siempre, pero no triste ni aburrida. No prolongan su charla durante las comidas, mas escuchan a su vez a los jóvenes, provocando voluntariamente sus reflexiones, con lo cual se dan cuenta del ingenio y carácter de cada uno de aquéllos, que allí se expansionan libremente. La comida es corta; la cena, más larga, ya que después de la primera viene el trabajo y tras de la segunda el sueño y la quietud nocturnos, que consideran más propicios para una buena digestión.

Ninguna cena tiene lugar sin música[68], ni ninguna colación sin delicadezas. Queman esencias, esparcen perfumes; nada dejan de hacer de lo que pueda agradar a los comensales. Piensan que todos los placeres están permitidos mientras no engendren mal alguno.

---

[67] Era cosa acostumbrada durante la Edad Media y aun en la época de Moro.

[68] Moro, que no parece haber sentido gran entusiasmo por las artes plásticas, a juzgar por lo que revela su UTOPÍA, donde nunca son mencionadas, fue un gran entusiasta de la música. En el dibujo de la familia de Moro que hizo Holbein, y que se guarda en el Museo de Basilea, se ve una viola pendiendo de una de las paredes.

De esta manera viven en las ciudades. En los campos, donde se hallan más aislados, comen todos en sus casas. Ninguna de las familias campesinas carece de nada, ya que de ellas procede todo lo que se entrega a los ciudadanos para su manutención.

De los viajes de los utópicos

Cuando algún ciudadano desea ir a ver a un amigo residente en otra ciudad, o simplemente viajar, consigue fácilmente la venia del sifogrante y del traniboro, a menos de existir impedimento para ello. Los viajeros parten formando grupos, provistos de una carta del príncipe donde consta la autorización del viaje y se fija la fecha del retorno.

Facilítaseles un vehículo y un esclavo público que conduce y cuida de los bueyes. Por otra parte, a menos de llevar consigo sus mujeres, los viajeros renuncian a él, como constituyendo una molestia y un impedimento. No llevan con ellos cosa alguna y, no obstante, durante el viaje, no carecen de nada, ya que en todas partes están en su casa. Si se detienen más de una jornada en algún lugar, trabajan allí en su oficio y reciben la más afable acogida por parte de los artesanos de su corporación. Si alguien sale espontáneamente fuera de los límites de su territorio y es cogido sin poder presentar un permiso del príncipe, comete un delito ignominioso; aprésanlo como fugitivo y es castigado severamente. Si reincide, es reducido a la esclavitud.

Si algún utópico desea pasearse por los campos que rodean su ciudad, puede hacerlo, con la venia del padre y el consentimiento del cónyuge. Pero, en cualquier pueblo adonde llegare, no le dan alimento si no lo paga con el trabajo que se realiza ordinariamente en una mañana o en una tarde. Obedeciendo a esta regla puede dirigirse a cualquier lugar del territorio vecino de su ciudad. Así no será menos útil a ésta que si se hubiese quedado en ella.

Ya habréis visto que no existe motivo alguno de ocio, ni pretexto de holganza. No hay ninguna taberna de vino o de cerveza, ni lupanares, ni ocasión de corruptelas, ni escondrijos, ni reuniones ocultas, ya que, estando todos bajo las miradas de los demás, vense obligados a dedicarse al trabajo habitual o a un honesto holgar.

De semejantes costumbres síguese necesariamente la abundancia de todos los bienes. Y como éstos se hallan repartidos equitativamente entre todos, nadie puede ser pobre ni dedicarse a mendigar.

En el Senado de Amaurota, donde, como ya he dicho, se reúnen todos los años tres ciudadanos de cada ciudad, trátase en primer término de las cosas que abundan en cada lugar y de las que son menos abundantes. La fecundidad de una provincia suple así la penuria de otra, y esto de manera gratuita. Los que dan de lo suyo no aceptan nada de los que reciben las cosas. Nada piden a la ciudad así favorecida, mientras reciben lo que necesitan de otra a la cual no han prestado servicio alguno. Así toda la isla forma como una gran familia.

Cuando tienen provisiones suficientes para sí (las preparan para dos años, en previsión de lo que pueda suceder al año siguiente), exportan el excedente —grandes cantidades de trigo, miel, lanas, lino, maderas, granos y conchas para tintorería, pieles, cera, seto, cuero y también animales— a otros países. Hacen donación de un séptimo de esas cosas a los pobres de cada país, y el resto lo venden a precio módico. Gracias a este comercio, importan no sólo las materias de que carecen (no les falta más que el hierro), sino gran cantidad de oro y plata.

La larga práctica que tienen en este negocio les permite poseer abundantes riquezas. Poco les importa ahora vender al contado o a plazo. Pero no aceptan documentos de particulares solos y exigen el aval de una ciudad. Ésta, al acercarse el día del vencimiento, reclama el pago a los deudores particulares y deposita las sumas cobradas en su Tesoro, usando de ellas hasta que los utópicos las reclaman.

Éstos no retiran, por lo general, tales cantidades. Estiman que no sería justo sacar lo que ellos no usan de manos de quien obtiene con ello algún provecho. No obstante, si las circunstancias lo exigen, solicitan el pago; así, cuando desean prestar a otro país parte de la suma o cuando la necesitan para hacer la guerra. Sólo con este fin conservan en la isla todo aquel tesoro que poseen, para prevenirse contra los peligros graves o imprevistos. Con este dinero pagan grandes sueldos a los mercenarios extranjeros, que envían al combate con preferencia a sus conciudadanos. Saben bien que se puede comprar hasta a los enemigos a precio de oro y hacer que se destruyan entre sí, por traición o en franco combate. Por estas razones conservan un tesoro inestimable.

Y, no obstante, no lo consideran precisamente como un tesoro. Mas dudo verdaderamente en insistir sobre este punto, temiendo no ser creído. Y lo temo más aun porque me doy cuenta de cuán difícil me hubiera sido admitirlo como cierto si no lo hubiese visto con mis propios ojos. Lo que se opone a las costumbres de los que escuchan tal narración debe parecerles necesariamente cosa poco digna de fe. No obstante, reflexionando sobre ello, consideraríase como cosa prudente, vista la diferencia entre las instituciones utópicas y las nuestras, que ellos hagan del oro y de la plata un uso conforme a sus costumbres y no a las nuestras. No usan entre sí moneda alguna; guárdanla en previsión de acontecimientos que podrían tener lugar y que, acaso, nunca se realizarán.

Mientras, el oro y la plata de que se hacen las monedas no tienen allí valor superior al que les dio la Naturaleza. Y ¿quién no ve cuán lejos están de valer lo que el hierro? ¡Por Hércules! Los mortales no pueden prescindir del hierro ni del fuego o del agua, mientras que el oro y la plata no sirven para ningún uso verdaderamente indispensable. Sólo la locura de los hombres los aprecia en razón de su rareza. Por el contrario, la Naturaleza, madre indulgentísima, puso abiertamente a nuestra disposición todas las cosas mejores, como el aire, el agua y la tierra, a la vez que sepultaba profundamente lo que es vano y de ninguna utilidad.

Los utópicos no encierran esos metales en ninguna torre. La necia imaginación del vulgo haría sospechosos al príncipe y al

Senado si éstos quisieran aprovecharse de ellos, engañando al pueblo con algún artificio. Con ellos no fabrican tampoco copas ni otros objetos de orfebrería, porque se dan cuenta de que, si llegara la ocasión de haber de fundirlos para pagar los sueldos de los soldados, la gente vería con malos ojos que se la privara de aquellos objetos en los que habría comenzado a deleitarse.

Para evitar que sucedan tales cosas, han imaginado dar al oro un uso perfectamente adaptado a sus instituciones, y casi increíble para quien no lo hubiese visto. Ya sabemos cómo es apreciado el oro entre nosotros y con qué cuidados es ocultado. Ellos, por el contrario, comen y beben en platos y copas de arcilla o de vidrio, extremadamente graciosos a veces, pero sin valor alguno, mientras que el oro y la plata sirven, no sólo en los edificios comunes, sino en las casas particulares, para hacer las vasijas destinadas a los usos más sórdidos y aun los orinales. Además, las cadenas y los pesados grillos que se ponen a los esclavos están hechos de esos mismos metales. Todos los condenados por un crimen infamante deben llevar zarcillos en las orejas, anillos en las manos, un collar en el cuello y una diadema en la cabeza, todo ello de oro.

Así cuidan de todas maneras que el oro y la plata sean tenidos entre ellos en ignominia; y de esta manera consíguese que esos metales, cuya pérdida es tan dolorosa para los demás hombres como si les arrancasen las vísceras, puedan serles quitados de una vez, en caso de necesidad, sin que ninguno se crea por ello menos rico ni en un maravedí.

Recogen además perlas a lo largo de sus costas, así como diamantes y otras piedras preciosas en ciertas rocas; no los buscan, mas si por azar los hallan, los pulimentan y adornan con ellos a los pequeñuelos, los cuales, en los primeros años vanos gloríanse y ensoberbécense de tales adornos; pero a medida que crecen en edad, ven que sólo los llevan los niños y sin que sus padres les hagan advertencia alguna, avergonzados, los abandonan. No de otra manera nuestros niños dejan, al crecer, las cáscaras de nuez, las bolas y las muñecas.

Costumbres tan opuestas a las que imperan en otros países no pueden dejar de engendrar una disposición de ánimo bien diferente. Nunca lo vi tan claramente como en ocasión de la embajada de los anemolianos[69].

Llegaron estos embajadores a Amaurota mientras yo vivía allí y, como venían para tratar negocios de importancia, tres ciudadanos de cada ciudad habían sido delegados para esperar su llegada. Todos los embajadores de los países vecinos que vinieran antes a Utopía, conociendo las costumbres de los utópicos, y sabiendo que entre ellos no era tenido en honor vestir suntuosamente, que se despreciaba la seda y que el oro era señal de infamia, solían venir con la más modesta apariencia.

Pero los anemolianos, de país mucho más lejano, habían tenido menos trato con ellos, y como hubieran oído decir que todos llevaban vestidos groseros, y persuadidos de que no poseían realmente lo que no usaban, fueron más soberbios que prudentes al decidirse a presentarse con el aparato magnífico que cumpliera a cualquier divinidad, para maravillar los ojos de aquellos miserables utópicos con el esplendor de sus vestidos.

Así, los tres embajadores entraron junto con cien compañeros que llevaban vestidos multicolores, en su mayoría de seda. Los embajadores, que eran nobles en su país, iban vestidos de oro, y de oro llevaban también grandes collares, pendientes, anillos en los dedos y cadenillas colgantes de su tocado, donde brillaban perlas y piedras preciosas; iban vestidos, en fin, con todo lo que constituye en Utopía la infamia o el suplicio de los esclavos, o la diversión de los niños.

Así, pues, valía la pena de ver cómo los de la embajada comparaban su suntuosidad con los vestidos de los utópicos (pues había una gran multitud en las calles); y, al contrario, no era menos divertido considerar cómo se engañaban, y hasta qué punto estaban lejos de obtener el éxito que presupusieron.

---

[69] De ανεμοζ, «el viento».

A excepción de los contados utópicos que tuvieron ocasión de visitar otras tierras, los demás sólo vieron en aquel esplendor una exhibición vergonzosa. Saludaban reverentemente a los criados tomándolos por sus amos, y dejaban pasar con gran indiferencia a los embajadores, a quienes tomaban por esclavos a causa de sus áureas cadenas. Vierais a los niños que habían abandonado perlas y gemas, tocar con el codo a sus madres, diciéndoles al ver aquellos adornos en el tocado de los embajadores: «¡Mira, madre, aquel grandullón que usa perlas y piedras cual si fuese aún pequeño!» Y la madre respondía seriamente: «Calla, hijo mío; creo que aquél debe de ser algún bufón de la embajada.» Otros criticaban aquellas cadenas de oro, diciendo que no podían servir de nada, ya que, siendo tan delgadas, el esclavo podía romperlas en cualquier momento y huir, libre y sin trabas, adonde le pluguiera.

Mas cuando los embajadores, al cabo de dos o tres días, vieron que el oro era tenido en tanta vileza en Utopía, que los habitantes lo tenían en no menor desprecio que era apreciado entre ellos, y que cargaban más oro y plata sobre el cuerpo de un desertor condenado a esclavitud que el que había en todos los adornos de sus tres personas, cesaron de envanecerse, y, avergonzados de haber exhibido aquellos adornos con tanta arrogancia, los depusieron; y más cuando, después de haber conversado familiarmente con los utópicos, comprendieron sus ideas y costumbres.

Admíranse los utópicos de que los mortales puedan experimentar algún placer mirando el dudoso fulgor de cualquier gema o piedrecilla cuando es posible contemplar a placer las estrellas o el mismo Sol; y de que haya hombres tan necios que crean ennoblecerse con la finura de un tejido de lana, ya que la lana de que está hecho (por fino que sea) la llevó una oveja sin que por ello dejara de serlo.

Admíranse también de que el oro, tan inútil por naturaleza, tenga ahora tal valor en el mundo entero, que el mismo hombre que le atribuyó aquel valor para su provecho estímase en menos que el mismo oro; tanto que cualquier necio, sin más inteligencia que un madero, y no menos malvado que estulto, tiene en esclavitud a un gran número de hombres de bien e inteligentes, sólo porque posee mayor montón de monedas de oro. Y si la fortuna o cualquier texto legal (que no menos que la fortuna puede cambiar totalmente las cosas) la hiciera pasar a manos del más desvergonzado de sus sirvientes, no sería sorprendente verlo entrar al servicio de su antiguo criado, como apéndice y aditamento de su dinero.

Sorpréndense mucho más y detestan como locura los honores casi divinos que se rinden a los ricos por hombres que ni les deben nada ni se hallan obligados a ello por causa alguna, solamente porque son ricos, aunque los saben sórdidos y avaros y les consta ciertamente que no recibirán de ellos un ochavo mientras estén vivos.

Éstas y semejantes opiniones débenlas, por una parte, a la educación recibida en el país, cuyas instituciones son opuestas totalmente a semejantes necedades; por otra parte, a sus estudios en ciencias y letras. Pues, aunque muy pocos de cada ciudad hállense exentos de los trabajos para dedicarse únicamente al estudio —los que dieron pruebas desde la infancia de egregias disposiciones, ingenio eximio y aptitudes para los conocimientos superiores—, todos, desde muchachos, reciben una educación literaria, y buena parte de la población, hombres y mujeres, durante toda su vida, dedica al estudio aquellas horas que, como dijimos, les deja libres el trabajo.

Aprenden todas las disciplinas en su propia lengua, que es rica en vocabulario, agradable al oído y más fiel que otra cualquiera en la expresión del pensamiento[70]. Úsase en casi toda aquella parte del Universo, con ligeras alteraciones según los lugares.

De todos esos filósofos cuyos nombres son tan famosos en nuestro orbe, no llegó la fama hasta ellos antes de nuestra lle-

---

[70] Moro, que fue el primer historiador en lengua inglesa, exalta aquí la importancia de las lenguas vulgares, que en su tiempo eran aún consideradas (y no sin un poco de razón) como inferiores en capacidad expresiva a la lengua de los sabios: el latín.

gada. Y, no obstante, en música y en dialéctica, en aritmética y geometría, han logrado casi los mismos resultados que nuestros antecesores. Pero si bien igualan a los antiguos en casi todas estas cosas, no han llegado a igualar, ni con mucho, los inventos de nuestros dialécticos; pues no han podido inventar aquellas reglas de las restricciones, amplificaciones y suposiciones que tan agudamente se enseñan a los muchachos en las clases de lógica[71]. Lejos están de haber investigado las «proporciones secundarias», ni tampoco pudieron ver lo que se llama el «hombre en común», ese coloso, mayor que cualquier gigante, que nosotros casi sabemos señalar con el dedo.

Conocen perfectamente el curso de los astros y el movimiento de los cuerpos celestes. Han hallado también, ingeniosamente, diversos instrumentos de formas diversas con los que determinan exactamente los movimientos y situación del Sol y de la Luna, así como de los demás astros que son visibles en su horizonte[72]. En cuanto a las influencias favorables o desfavorables de los astros y a todas las restantes imposturas sobre la adivinación por medio de ellos, ni han llegado a soñarlas siquiera.[73]

Saben predecir, gracias a los signos que les ha enseñado una larga experiencia, la lluvia, los vientos y las restantes mudanzas del tiempo. Las causas de todos estos fenómenos, las mareas, la salobridad de los mares y el origen y naturaleza del cielo y de la tierra, ocasionan entre ellos las mismas discusiones que entre nuestros antiguos filósofos, y, como éstos, no logran ponerse de acuerdo. En los nuevos sistemas que han imaginado apártanse

---

[71] A fuer de buen humanista, Moro no puede dejar de satirizar y fustigar la Escolástica corrompida de su época, que había perdido la capacidad creadora que tuvo en el siglo XIII y que estaba reducida a una pura sucesión de bizantinismos formales, más propios de gramáticos que de filósofos.

En las líneas siguientes, al tratar del *hombre en común* u «hombre considerado en abstracto» resuena el eco de las disputas entre los *Realistas* y los *Nominalistas*.

[72] Esta afición que muestran los utópicos a la astronomía es eco de la que sentía Moro por dicha ciencia.

[73] La astrología, que gozó de extraordinario crédito en la Edad Media, seguía siendo actual en la época del Renacimiento.

de todos los nuestros, sin que por ello lleguen tampoco a ponerse de acuerdo.

En aquella parte de la filosofía que trata de las costumbres, disputan también sobre las mismas cuestiones. Tratan de las cualidades del alma y del cuerpo, así como de los bienes exteriores y de si el término «bien» puede ser aplicado a todos ellos o solamente debe ser reservado a los del alma. Discuten sobre la virtud y sobre el placer, mas su primera y principal controversia es saber en qué consiste la humana felicidad, y si es una o múltiple.

Empero, parecen inclinarse hacia los que se deciden por el placer, en el cual ven, si no la totalidad, la mayor parte de la felicidad humana[74]. Y lo más admirable es que de su religión, que es grave y severa y aun un poco rígida y triste, sacan la justificación de una moral tan voluptuosa. No discuten jamás sobre la felicidad sin fundamentarse en los principios religiosos, que combinan con la filosofía racional; sin lo cual reputan incompleto el análisis y débil el razonamiento.

Estos principios son los siguientes:

El alma es inmortal y nacida por bondad de Dios para ser feliz. Después de esta vida terrena, nuestras virtudes serán recompensadas, y castigados con suplicios nuestros vicios.

Aunque tales principios procedan de la religión, afirman los utópicos que la razón debe llevarnos a darles fe y a observarlos; ya que sin ellos nadie sería tan necio que no buscara el placer por todos los medios posibles, buenos o malos, como no fuese porque un placer pequeño privara de otro mayor, o porque su obtención acarrease sufrimiento.

Practicar virtudes ásperas y difíciles, renunciar a las dulzuras de la vida, soportar voluntariamente el dolor sin esperar fruto alguno —¿y qué otro fruto puede esperarse si no es una recompensa en el otro mundo, después de toda una vida de penas y de mortificaciones?— considéranlo gran locura. Entienden que todo placer no constituye felicidad, y que ésta reside en placeres

---

[74] El epicureísmo de los utópicos tiene quizá su fundamento en el de ciertos salvajes que halló Vespucio en sus viajes, al cual alude en la relación de éstos.

buenos y honestos. Nuestra naturaleza tiende hacia semejante felicidad como hacia el bien supremo a causa de la misma virtud cuya práctica constituiría la dicha, según una doctrina contraria.

La virtud la definen así: vivir según la Naturaleza[75]. Dios nos ha dado tal destino. Quien obedece a la razón en sus gustos y repugnancias escucha la voz de la Naturaleza. La razón inspira en primer lugar a todos los mortales el amor y la veneración a la Divina Majestad, a quien debemos lo que somos y la posibilidad de ser felices. En segundo lugar, nos invita y excita a vivir con las menores ansias y la máxima alegría posibles, y a ayudar a los demás a que obren de igual modo en, bien de la sociedad humana. No veréis jamás ningún triste y rígido defensor de la virtud y enemigo del placer, que, al poneros como ejemplo sus trabajos, vigilias y mortificaciones, no os excite al alivio de la miseria y desgracias ajenas con todas vuestras fuerzas. En nombre de la humanidad elogiará a quien se esfuerce en socorrer y consolar a los demás. Por otra parte, si es muy humano (no hay otra virtud más característica del hombre) mitigar los males ajenos y alegrar las tristezas de la vida, es decir, procurar un placer a los demás, ¿por qué la Naturaleza no habría de incitarnos a hacer lo mismo con nosotros?

Porque, o la vida alegre, es decir, una vida de placer, es mala, en cuyo caso no sólo deberíamos dejar de procurarla a los demás sino alejarlos de ella como de una cosa nociva y mortífera, o es buena y podemos y debemos procurarla a los demás. Y si es así, ¿por qué no comenzar por nosotros mismos? ¿Por qué no ha de sernos propicio lo que es tan conveniente para los demás? La Naturaleza, que manda ser buenos con los otros, no quiere, en cambio, que seamos malos y crueles con nosotros mismos.

Creen, pues, los utópicos que una vida agradable, es decir, de placer, prescríbela la Naturaleza como finalidad de nuestras acciones; y definen la virtud como vivir según estos preceptos.

---

[75] Es la definición estoica de la virtud. Pero Moro no aclara exactamente qué cosa sea vivir según la Naturaleza.

Si la Naturaleza invita a los hombres a ayudarse unos a otros viviendo alegremente (lo cual se comprende con facilidad, ya que nadie está colocado tan por encima de los destinos del género humano que la Naturaleza sólo deba ocuparse de él, puesto que siente igual afecto por todos los seres de la misma especie y los abriga en una misma comunión), claro está que nos recuerda constantemente que no debemos buscar nuestra comodidad a expensas de los demás.

Por esto estiman que deben observarse no sólo los pactos entre particulares, sino las leyes de interés público que regulan la distribución de las comodidades de la existencia, es decir, lo que es materia de placer, tanto si fueran dictadas por un buen príncipe, como si el pueblo las hubiere sancionado, de común acuerdo, sin ser oprimido por la tiranía ni engañado dolosamente.

Buscar el propio interés sin violar las leyes, es prudencia; trabajar por el bienestar general, religión. Mas destruir el bienestar ajeno para conseguir el propio, es una acción injusta. Al contrario, privarse de alguna ventaja para favorecer a otros, es obrar humana y benéficamente. En realidad, la privación es inferior a la ventaja. La conciencia de haber obrado bien, la benevolencia y el agradecimiento de los beneficiados, causan más placer al espíritu que el que diera al cuerpo el placer de que os abstuvisteis. Además (y fácilmente se persuadirá de ello cualquier espíritu religioso), Dios recompensa con una alegría eterna e inmensa el sacrificio de un placer exiguo y breve. Por todo esto creen los utópicos que debemos considerar todas nuestras acciones, y aun las virtudes, como dirigidas en último extremo al placer y la felicidad.

Llaman placer a todo movimiento o estado del alma o del cuerpo en que nos complacemos obedeciendo a la Naturaleza. No temen añadirle los apetitos naturales. Pues todo lo que por esencia es agradable y se obtiene sin perjudicar a nadie, sin privarse por ello de otros placeres, y sin que se derive como consecuencia de ello trabajo alguno, es cosa que, no sólo los sentidos, sino la razón desean.

Hay cosas no naturales que los mortales, por vanísima convención, consideran como placeres, cual si pudiesen cambiar las realidades tan fácilmente como las palabras. Tales cosas, lejos de contribuir a hacer la felicidad, impídenlo a aquellos que se dejan seducir por una falsa apariencia que les impide disfrutar de las alegrías puras y verdaderas.

Muchas de ellas, a las que la Naturaleza no otorgó suavidad alguna, y aun mezcló de amargura, considéranlas los hombres, bajo el imperio detestable de las malas pasiones, no sólo como placeres supremos, sino como causas esenciales de la vida.

Entre estos placeres bastardos colocan los utópicos la vanidad de aquellos de quienes ya hablé, que se creen mejores que los demás porque llevan mejores ropas, con lo cual yerran dos veces. Y no es menor su error al sobrevalorar su vestido más que su persona. Por razón del uso, ¿es mejor su vestido de lana fina que otro de tejido más grueso? Y llevan alta la cabeza como si se distinguieran de los demás por su mérito y no por su locura; creen que a su elegancia se le deben honores a los que no osarían aspirar con un vestido más modesto, y se indignan si no se les da importancia.

¿No es otra necedad semejante la pasión por inútiles y vanos signos de nobleza? ¿Qué placer natural y verdadero podrá ocasionarnos la vista de una cabeza descubierta o de una rodilla doblada?[76] ¿Desaparecerán con ello la gota de nuestras rodillas y la neuralgia de nuestras cabezas?

En este falso concepto de la felicidad incurren aquellos que se enorgullecen al pensar que la casualidad los hizo descender de una larga serie de antepasados, de ricos propietarios de tierras (pues hoy la nobleza no es otra cosa que la riqueza). Por otra parte, no se creerían menos nobles aunque sus antepasados no les legaran cosa alguna y si ellos mismos disiparon su herencia.

Los utópicos clasifican también en esta categoría a los coleccionistas de gemas y de piedras, de quienes ya hablé, los cua-

---

[76] Alusión a los privilegios de la nobleza y a los homenajes que se le rendían.

les se consideran como dioses cuando consiguen alguna piedra excelente, sobre todo si pertenece a la variedad que esté más en boga en su época, ya que no en todas partes ni en todas las épocas son igualmente valoradas. Compran las piedras solas, sin el oro de la montura, y todavía precisan de la garantía del vendedor sobre la autenticidad de la piedra o del brillante, y aun su juramento. ¡Tanto temen que una piedra falsa se imponga como buena a sus ojos! ¿Por qué, pues, disfrutar menos viendo una piedra artificial, si el ojo no puede distinguirla de una auténtica? ¡Por Hércules, que tanto debieran valer una y otra ante vuestros ojos como ante los de un ciego!

¿Y qué diremos de los que acumulan bienes en cantidades excesivas, y sólo disfrutan contemplando su tesoro? ¿Es real placer o simplemente imaginario?

Otros hay que entierran su oro, privándose para siempre de usarlo y quizá de verlo; y tanto temen perderlo, que en realidad está perdido para ellos, pues devolverlo a la tierra ¿qué es sino sustraerlo a la utilidad propia y de los demás mortales? Enterrado el tesoro, vuelve la alegría al corazón del avaro, que así se tranquiliza. Si le roban la bolsa sin que se entere, y muere diez años más tarde sin haberlo sabido, ¿qué importa que el tesoro haya estado o no en el mismo lugar durante los diez años que sobrevivió a su pérdida? En ambos casos, el oro le fue igualmente inútil.

A los que buscan tan necias satisfacciones añaden a los utópicos a los jugadores (cuya locura sólo conocen de oídas y no por experiencia) y, además, los cazadores y halconeros.

«¿Qué placer puede producir —dicen— echar los dados en una mesa de juego? Hácenlo con tanta frecuencia como si les produjera un placer infinito. Y, no obstante, esta frecuencia, ¿no debiera producir la saciedad? Y ¿qué diversión producen los aullidos y ladridos de los perros y cómo no cansan en seguida? Y ¿por qué os divierte más ver un perro persiguiendo a una liebre que ver perseguir un perro a otro perro? Si es la carrera lo que os divierte, la carrera es la misma en ambos casos. Pero si es la esperanza de una carnicería lo que os atrae, más debiera moveros a piedad ver un gazapo destrozado por un can, el débil vencido por el fuerte, el miedoso y fugitivo por el feroz, la presa inocente desgarrada por un animal cruel»[77].

Por ello desprecian los utópicos el ejercicio de la caza, que consideran como una actividad indigna de hombres libres y está relegada a los matarifes, oficio que, como ya he dicho, es ejercido allí por los esclavos. Consideran la caza como la parte más baja de aquel oficio, que, por lo demás, no deja de ser útil y honesto y produce buenos beneficios; y mientras el cazador halla placer en el descuartizamiento y muerte de un mísero animalillo, el matarife busca y mata los animales sólo por necesidad. Los utópicos consideran que el hecho de complacerse en semejante espectáculo denota una naturaleza sanguinaria, y que, además, la repetición de semejantes placeres hará nacer fatalmente el gusto de la crueldad.

Todas estas diversiones y otras innumerables parecidas, tiénelas el vulgo de los mortales por placeres. Los utópicos dicen rotundamente que no teniendo en su naturaleza nada de suave, no tienen relación alguna con los verdaderos placeres. Aunque éstos, según el vulgo, embriaguen los sentidos, como el placer carnal, no por ello los utópicos cambian de opinión. No es su naturaleza, sino la propia perversión humana lo que hace dulce lo amargo, de igual manera que el gusto corrompido de las embarazadas les hace encontrar más dulces que la miel el sebo y la pez. Y el juicio corrompido por la enfermedad o las malas costumbres no podrá modificar la naturaleza de nada ni, por tanto, la del placer.

Los placeres que los utópicos califican de verdaderos, son de diversas especies, según que se refieran al alma o al cuerpo. Los del alma son la inteligencia y aquella beatitud que nace de la contemplación de la verdad. Añádense a ello el recuerdo de una existencia bien vivida y la esperanza segura de los bienes futuros.

---

[77] Moro, tan inglés en otros aspectos, no lo es en la afición a los deportes.

Los placeres del cuerpo divídenlos en dos clases, la primera de las cuales comprende los que producen sobre los sentidos una impresión manifiesta, bien cuando se restauran órganos agotados por el calor interno (así al comer y beber), o cuando el cuerpo se desprende de sus excedentes. Así sucede cuando purgamos de sus excrementos los intestinos, o al practicar el acto de la generación, o al calmar la picazón de algún miembro friccionando o rascando.

A veces, ciertamente, el placer procede, no de la reconstitución que exigen nuestros órganos, ni de la expulsión de lo que nos molesta, sino de alguna fuerza oculta cuyo efecto manifiesto no es otro que halagar nuestros sentidos, cautivándolos y atrayéndolos hacia sí; tal el que nace de la música.

Otra especie de placer corporal consiste, según ellos, en un estado sostenido de equilibrio corporal, es decir, en una salud exenta de todo malestar. Al suceder esto, al no experimentar dolor alguno, prodúcese un bienestar, aunque no se añada ninguna impresión externa agradable. Y sin duda este placer es menos perceptible por los sentidos y actúa menos sobre ellos que los grandes placeres de la comida y de la bebida. No obstante, muchos de ellos tiénenlo por el supremo placer. La mayoría de los utópicos lo consideran como la base y fundamento de toda felicidad. La salud es lo que hace apacible y deseable la condición de los vivientes, y sin ella no es posible ningún otro placer. A la ausencia de dolor si falta la salud, llámanla insensibilidad y no placer.

Tiempo ha que fue condenada la doctrina de los que sostenían que una salud estable y duradera (y esta cuestión fue discutidísima entre ellos) no debe ser considerada como placer. Los defensores de aquella tesis sostenían que no era posible tener conciencia de la salud sin el socorro de alguna sensación externa. Hoy, los sabios proclaman que la salud es uno de los mayores placeres.

«En efecto —dicen—; ya que la enfermedad lleva consigo el dolor, que es enemigo implacable del placer, del mismo modo que la enfermedad destruye la salud, ¿por qué la recíproca no habría de ser verdadera y por qué no habría de producir placer una salud inalterable?»

Dicen, pues, que la enfermedad es un dolor o que el dolor es inherente a la enfermedad. Y, en ambos casos, el resultado es idéntico. Que la salud sea un placer en sí misma o que lo haga nacer como el calor nace de la llama, es cosa que no tiene importancia, y quienes gozan de una salud inalterable nunca carecerán de placer.

«¿Acaso el placer de comer —dicen— es otra cosa que nuestra salud que comenzaba a debilitarse y que lucha contra el hambre con el refuerzo de los alimentos? Esto que marca un retorno progresivo al vigor acostumbrado, provoca una sensación de placer. Si la salud gusta de este combate, ¿cómo no ha de alegrarse de haber alcanzado la victoria? Y una vez haya recuperado su primitiva robustez, única causa de ese combate, ¿volverá a caer en estupor y letargo, desdeñando conocer y disfrutar su felicidad?»

Creen que se engañan por completo quienes sostienen que la salud no puede sentirse. Porque ¿quién, estando despierto, no distinguirá si se encuentra o no bien? ¿Y quién, a menos de hallarse sometido a algún estupor letárgico, no reconocerá en la salud una condición agradable y deleitosa? Y este deleite, ¿qué es sino el placer?

Valoran los utópicos sobre todas las cosas los placeres del espíritu (que consideran como los primeros y principales entre todos), la mayor parte de los cuales procede del ejercicio de las virtudes y de la conciencia que tienen de una buena vida.

Entre los placeres del cuerpo otorgan la primacía a la salud. El placer de comer y beber, y las complacencias que procuran los placeres del mismo género, creen que deben ser buscados, pero únicamente para conservar la salud, y que tales complacencias no son dulces en sí mismas, sino en la medida que nos defienden de los secretos ataques de las enfermedades; y así como el hombre prudente prefiere prevenir las enfermedades que necesitar medicamentos, evitar los dolores que recurrir a los calmantes, también vale más, según ellos, no privarse de placeres de esta clase que tener que calmar su privación. Si la felicidad consiste en semejantes placeres, ¿podrá decirse que colma su felicidad quien teniendo hambre, sed y comezón, pasare su vida comiendo, bebiendo y rascándose? ¿Quién no ve que tal existencia sería en verdad no sólo innoble sino miserable? De todos los placeres, ésos son los menores y los menos puros, y nunca se experimentan sin dejar de ir acompañados de los dolores contrarios. Asóciase el hambre a los placeres de la comida, y de manera harto desigual, ya que, cuanto más violento, mayor es el sufrimiento, que nace antes que el placer y sólo se extingue con él.

Opinan, pues, que no hay que preocuparse de esta clase de placeres más que en la medida que los impone la necesidad. Empero, disfrutan de ellos alegremente, dando gracias a la madre Naturaleza que invita a sus hijos, con tan dulces sensaciones, a realizar incesantemente las funciones necesarias para la vida. ¡Cuán tediosa fuera ésta si precisare combatir cotidianamente con venenos y drogas amargas las enfermedades del hambre y de la sed, como hacemos con las otras que nos atacan a intervalos mayores!

Conservan cuidadosamente la belleza, la fuerza y la agilidad, dones preciosos de la Naturaleza.

Buscan también los placeres de la vista, el oído y el olfato, que la Naturaleza hizo propios del hombre (pues ninguna otra especie de seres animados disfruta admirando el aspecto y belleza del Universo; aspirando perfumes, como no sea para distinguir los alimentos, y percibiendo las consonancias y disonancias de los sonidos), considerándolos como un alegre complemento de la vida.

En general, y para todos los placeres de los sentidos, tienen por regla que un placer nunca debe ser obstáculo para otro mayor, ni debe provocar dolor alguno; lo cual es necesario cuando de placeres deshonestos se trata.

Consideran gran necedad el menosprecio de la belleza y la negligencia de las fuerzas corporales, dejar que la agilidad se convierta en pesadez, agotar el cuerpo con ayunos, dañar la propia salud y rechazar los demás dones de la Naturaleza, a menos que, prescindiendo del propio interés, se procure ardientemente el bien ajeno o el público, con la esperanza de que Dios recompense tales trabajos con una felicidad mayor. Juzgan de la misma manera mortificaciones que a nadie aprovechan, hechas por una vana apariencia de virtud o para habituarse a soportar unos males que quizá nunca se producirán. Obrar así considéranlo gran locura, cosa cruel para consigo mismo e ingratísima para con la Naturaleza, como si se renunciara a todos sus beneficios y se negara toda obligación hacia ella.

Tales son sus teorías relativas al placer y a la virtud. Y creen que la razón humana no puede imaginar nada mejor a menos que una religión celestial inspire a los hombres una doctrina más santa. Si sus ideas sobre tales problemas son o no exactas, no tenemos tiempo de averiguarlo, ni es tampoco necesario. Intento exponer sus instituciones, mas no hacer la apología de las mismas[78].

Sea como fuere, estoy convencido de que, gracias a ellas, no hay en ningún lugar del mundo pueblo más interesante que aquél ni república más feliz.

Los utópicos son de cuerpo ágil y vivo, más vigorosos de lo que su estatura promete, aunque ésta no sea exigua.

Como la tierra no es de una fertilidad igual en toda la isla, ni su clima es tampoco igualmente salubre, defiéndense de las intemperies a fuerza de sobriedad y mejoran tan industriosamente la tierra, que en parte alguna se ve ganado más abundante ni más ricas cosechas, ni mayor vitalidad en los hombres, que sufren allí menos enfermedades que entre nosotros.

---

[78] Moro subraya aquí el carácter puramente expositivo y abstracto que insiste en dar a su obra. No formula reservas, quizá para indicar con ello que la refutación y aun la discusión sin innecesarias, puesto que se mueve en un ambiente de imposible realización, al cual no aspira en manera alguna.

Distribúyese cuidadosamente la labor de los campesinos, para mejorar las malas condiciones de la tierra con ingenio y trabajo; vierais cómo se arranca toda una selva a fuerza de brazos y para trasplantarla a otros lugares, ya que una organización racional de la producción y el transporte exige que los bosques se encuentren en la vecindad del mar, de los ríos y de las ciudades, puesto que es muy difícil hacer llegar las maderas por vía terrestre a un destino lejano.

Los utópicos son complacientes, ingeniosos y activos, amantes del ocio, muy resistentes al trabajo, cuando conviene. De nada gustan tanto como del estudio.

Cuando recibieron de nosotros algunos rudimentos de las letras y de las ciencias griegas (pues no parecieron interesarse mucho en las obras maestras de los latinos, excepto en las de los historiadores y poetas), fue cosa admirable ver con qué prisa se consagraron a este estudio ayudándose de nuestras explicaciones.

Empezamos, pues, leyéndoles algunas páginas, más para que vieran que no rehuíamos el trabajo de enseñarles que porque esperásemos de ellos algún fruto. Desde sus primeros progresos vimos que, gracias a sus esfuerzos, nuestro trabajo no sería estéril.

Pusiéronse a copiar la forma de las letras con tal facilidad, a pronunciar tan rápidamente las palabras, a recordarlas tan de prisa, a traducirlas con tanta exactitud, que nos pareció milagroso. Cierto es que la mayoría de nuestros discípulos, no sólo deseaban intensamente aprender aquellas disciplinas, sino que habían recibido del Senado orden de hacerlo, habían sido escogidos entre los letrados de mayor ingenio y eran de edad madura. Así, en menos de tres años, no había nada en la lengua griega que no dominasen y leían de corrido los buenos autores, aparte los defectos de impresión.

Esta lengua, que tan fácilmente aprendieron, no les era, a lo que juzgo, enteramente extraña. Sospecho que descienden de los griegos, y su lengua, aunque casi enteramente persa, conserva vestigios de griego en los nombres de las ciudades y en los títulos de los magistrados[79].

Híceles conocer (ya que llevaba conmigo en mi cuarto viaje un pequeño cargamento de libros, puesto que prefería quedarme allí mejor que verme obligado a tener que salir con excesiva rapidez) la mayor parte de las obras de Platón, muchas de Aristóteles y el *Tratado de las plantas* de Teofrasto[80], que desgraciadamente está mutilado en diversos lugares, ya que, habiéndolo descuidado durante la travesía, fue hallado por un mono[81], que en sus juegos y saltos desgarró y arrancó varias páginas.

De los gramáticos sólo tienen a Lascaris; no había llevado conmigo mi Teodoro[82], ni otros diccionarios que los de Hesiquio y Dioscórides. Aprecian mucho los libros de Plutarco y les encanta la gracia y la ironía de Luciano. De los poetas poseen a Aristófanes, Homero y Eurípides y a Sófocles, en la edición aldina en pequeños caracteres. De los historiadores, a Tucídides y Herodoto, así como a Herodiano.

Uno de mis compañeros, Tricio Apinato[83], llevaba consigo algunos pequeños tratados de Hipócrates y la *Microtecné*[84], de Galeno, y los utópicos los aprecian en sumo grado. Aunque necesiten de la ciencia médica menos que cualquier otro pueblo, es la más honrada entre ellos. Y la consideran entre las más bellas y útiles partes de la filosofía. Los sabios en estas disciplinas escrutan los secretos de la Naturaleza, y no sólo sacan de ello

---

[79] Moro justifica así, a fuer de buen helenista, la derivación de los nombres dados por él a los magistrados utópicos.

[80] El autor nos da a conocer aquí sus propias preferencias en materia de literatura griega.

[81] El episodio es quizá autobiográfico. Erasmo, en su coloquio *Amicitia,* nos ha dado a conocer el mono que poseía el Canciller, y Holbein lo reproduce también en el retrato de la familia de éste a que antes aludimos.

[82] Son los mejores tratadistas de gramática griega que produjo el Renacimiento. El *Manual* de Teodoro Gaza era considerado por Budé como una verdadera obra maestra y Erasmo lo tradujo en uno de sus Cursos de Cambridge.

[83] Trica y Apina eran dos ciudades de Apulia, que, según Plinio, fueron conquistadas por Diómedes, y que pasaron en proverbios como sinónimo de bagatelas.

[84] Era el libro de texto de los estudiantes de medicina medievales.

placeres extraordinarios, sino que obtienen además las gracias del Creador, autor de la Naturaleza. Piensan los utópicos que el Divino Artesano, al igual que los de la Tierra, expuso la máquina del mundo a las miradas del hombre (a quien hizo el único ser capaz de apreciarla), prefiriendo el hombre que examina con curiosidad esa gran obra y la admira, al que, carente de inteligencia como un animal, permanece estúpido e inerte ante un espectáculo tan vasto y maravilloso.

Así el espíritu de los utópicos, formado por los estudios literarios, se aplica de manera sorprendente a las invenciones técnicas que contribuyen a aumentar las comodidades de la vida.

Nos deben, empero, dos inventos: la imprenta y la fabricación del papel, pero los deben no sólo a nosotros, sino, en buena parte, a su propio genio. Desde que les mostramos libros de papel, impresos en caracteres aldinos[85], y les hablamos de la materia de que se hace el papel y del procedimiento para imprimir las letras, comprendieron las técnicas, aunque ninguno de nosotros pudo explicárselas, pues no éramos prácticos en ellas. Y ellos, que antes sólo habían escrito sobre cuero, cortezas o papiro, intentaron fabricar papel e imprimir las letras. Como sus primeras tentativas no fueran satisfactorias, las repitieron frecuentemente y obtuvieron pronto lo uno y lo otro. Tan bien lo hicieron, que si se conservaran copias de todos los autores griegos, jamás faltaran tales libros. Ahora no poseen otros que los que ya enumeré, pero han impreso y repartido millares de ejemplares de ellos.

Quien llega entre los utópicos como visitante, si sabe hacerse apreciar por sus dones de inteligencia o por la experiencia adquirida en los viajes por muchas tierras (y por esto fue tan bien acogida nuestra llegada), es recibido con gran benevolencia, pues gustan de oír lo que sucede por el mundo.

Pocos mercaderes van allí para negociar, ya que, aparte del hierro, ¿qué pueden procurarles? No oro y plata, que podrían lle-

---

[85] Del nombre del famoso impresor renacentista Aldo Manucio.

varse de allí. Respecto a sus exportaciones, prefieren ocuparse ellos en vez de encargar a otros que lo hagan, porque desean conocer los países extranjeros y no perder la costumbre y la pericia de las cosas marítimas.

De los esclavos

Los utópicos no reducen a la esclavitud ni a los prisioneros de guerra —a menos que sean agresores—, ni a los hijos de los esclavos, ni, en general, a ninguno de los que en otras tierras son vendidos como tales, sino a aquellos cuyo crimen merece ese castigo y a los que fueron condenados a muerte en alguna ciudad extranjera —es el caso más frecuente—, que constituyen la categoría más numerosa. Importan muchos de éstos, que les son vendidos a vil precio y aun en muchos casos les son entregados graciosamente.

Los esclavos deben trabajar constantemente y además llevan cadenas. Los indígenas son tratados con mayor dureza, porque los utópicos estiman que son más culpables y que merecen el castigo más ejemplar, ya que, habiendo sido dirigidos y educados por el camino de la virtud, no han podido abstenerse de hacer el mal.

Existe otra categoría de siervos, constituida por jornaleros de otros países, pobres y trabajadores, que prefieren servir en Utopía. Trátanlos con bondad y como a los propios ciudadanos, sin imponerles más que un aumento de trabajo, ya que están acostumbrados a él. Cuando quieren partir —lo cual sucede muy raras veces— no se les retiene contra su voluntad, ni les dejan que se marchen con las manos vacías.

Como ya dije, tienen los mayores cuidados con los enfermos y no se omite nada de lo que puede contribuir a curarlos, alimentos o medicinas. A los que padecen algún mal incurable, hácenles compañía, platicando con ellos, y esfuérzanse en aliviar en lo posible su mal. Si éste es absolutamente incurable, y el enfermo experimenta en consecuencia terribles sufrimientos, los sacerdotes y magistrados exhortan al paciente diciéndole que, puesto que ya no puede realizar ninguna cosa de provecho en la vida y es una molestia para los otros y un tormento para sí mismo, ya que no hace más que sobrevivir a su propia muerte, no debe alimentar por más tiempo la peste y la infección, ni soportar el tormento de una vida semejante, y que, por lo tanto, no debe dudar en morir, lleno de esperanza de librarse de una vida acerba cual una cárcel y de un suplicio, o en permitir que otros le libren de ella. Con la muerte sólo pondrá fin no a su felicidad, sino a su propio tormento. Y como es ése el consejo de los sacerdotes, intérpretes de la voluntad de Dios, proceder así será obra piadosa y santa.

Los que son persuadidos se dejan morir voluntariamente de inanición o se les libra de la vida durante el sueño sin que se den cuenta de ello. Este fin no se impone a nadie, y no dejan de prestarse los mayores cuidados a los que rehúsan hacerlo. Mas honran a los que así abandonan la vida.

Si alguien se diera la muerte sin causa reputada válida por los sacerdotes y el Senado, no es considerado digno de la tierra ni del fuego. Su cuerpo, privado ignominiosamente de sepultura, es arrojado a los pantanos.

Las mujeres no se casan antes de los dieciocho años, ni los varones hasta que son cuatro años mayores[86]. Si antes del matrimonio un joven y una muchacha tienen trato carnal furtivamente, ambos son severamente amonestados y les es prohibido para siempre el matrimonio, a menos que el príncipe les otorgue la venia para contraerlo. Mas el padre o la madre, cabeza de las familias a que pertenecen los culpables, quedan deshonrados por no haberlos vigilado suficientemente.

Castigan con tanta severidad ese delito porque prevén que, en lo futuro, pocos permanecerían unidos por los lazos conyugales si no hubieran sido protegidos en su juventud contra el vi-

---

[86] Actualmente puede parecer prematura la edad en que los utópicos contraen matrimonio, pero durante la Edad Media y el Renacimiento no eran raros sino muy corrientes los casamientos entre personas que no habían llegado a la edad núbil.

cio, ni soportarían tampoco las molestias que lleva consigo el matrimonio.

Además, en Utopía observan con gran seriedad y severidad, en lo relativo a la elección de los cónyuges, una costumbre que nos pareció absurda y ridícula, pues la mujer, sea virgen o viuda, es expuesta desnuda a los ojos de su pretendiente por una grave y honesta matrona, y, al revés, el varón es exhibido desnudo por un hombre probo ante la joven. Y como manifestásemos con nuestra desaprobación y nuestras risas cuán extraña nos parecía, nos respondieron que se maravillaban de la necedad de los otros pueblos, ya que si al comprar un potrillo, que vale sólo poco dinero, somos tan cautos que, aun cuando esté casi desnudo, rehusamos adquirirlo si no se le quitan la silla y todos los arreos, temiendo que bajo éstos se oculte alguna llaga, en la elección de cónyuge, que puede llenar de placer o de pesar toda nuestra vida, obramos con tanta negligencia que apreciamos una mujer con sólo conocer de ella un palmo (puesto que casi únicamente nos es conocido su rostro), ya que el resto del cuerpo está enteramente disimulado por los vestidos, corriendo así el peligro de que las cosas no vayan bien en lo futuro si se produce un descubrimiento desagradable. No todos los hombres son tan sabios que sólo aprecien las cualidades morales; y aun cuando éstos se casan, el atractivo físico no deja de añadir un nuevo valor a las restantes cualidades. Es evidente que bajo el más brillante exterior pueden esconderse las más repugnantes deformidades, que enajenen el ánimo del marido cuando ya no es posible la separación. Si esta deformidad sólo se manifiesta después de contraídas las nupcias, precisa que el esposo soporte su suerte. ¡Más valiera, pues, que existiese una ley que evitara tales errores antes de que fueran irreparables! Esta cuestión es tratada tan cuidadosamente en Utopía, cuanto que es el único país de aquellas tierras en que se contentan con una sola esposa y el matrimonio dura hasta que la muerte lo disuelve, salvo por causa de adulterio y de costumbres inmorales. En ambos casos, el Senado permite al cónyuge inocente contraer nuevo matrimonio, y el otro es infamado y condenado a celibato perpetuo.

No se permite que nadie repudie a su esposa, sin el consentimiento de ésta, mientras sea inocente, bajo pretexto de enfermedad, lo cual está prohibido. Juzgan cruel abandonar a alguien cuando necesita el máximo consuelo, ya que sería privar de todo valor a la fidelidad prometida y de seguridad a la vejez, tan afectada por las enfermedades y que es en sí misma una enfermedad.

No obstante, puede suceder que los temperamentos de los esposos sean incompatibles. Cuando ambos han escogido nuevos cónyuges con quienes esperan vivir más agradablemente, se separan de forma espontánea y contraen nuevo matrimonio, mas no sin la autorización de los miembros del Senado, que no otorgan el divorcio antes de que ellos y sus esposas hayan examinado los hechos. Así divorciarse no es cosa fácil, pues conocen cuán poco propicia para el mantenimiento del amor conyugal es la esperanza de contraer fácilmente nuevas nupcias.

Castigan con la más dura esclavitud a los profanadores del matrimonio; si los culpables son ambos casados, los esposos ultrajados, después de haberlos repudiado, pueden casarse entre sí o con quien les plugiere. No obstante, si el ofendido, hombre o mujer, persiste en su amor al culpable, la ley no prohíbe que pueda seguirlo en su castigo; a veces, los ruegos de uno y la persistencia del otro conmueven al príncipe y el condenado recobra su libertad. La reincidencia en el adulterio es castigada con la muerte[87].

En los restantes delitos, la ley no establece ninguna pena determinada; pero el Senado, al infligir la pena, la acomoda a la gravedad del delito. Los maridos castigan a las esposas y los padres a los hijos, a menos que el delito sea tan grave que exija un castigo público. Los crímenes, aun los más graves, son castigados generalmente con la esclavitud, pues creen que esta pena no es menos onerosa para el criminal, ni menos ventajosa para el Estado, que la ejecución inmediata del culpable. El trabajo de

---

[87] Moro, que tan valientemente combate la pena de muerte, abogando en el Libro I por su supresión absoluta, al tratar del Estado perfecto de Utopía la admite sin paliativos en éste y en otros casos.

éste es más provechoso que su muerte y constituye un ejemplo duradero que impide a otros cometer el mismo crimen.

Si los condenados se muestran rebeldes o recalcitrantes, son muertos como bestias salvajes a quienes ni la reclusión ni las cadenas consiguieron domesticar. A los delincuentes no se les quita toda esperanza. Si domados con el tiempo, dan pruebas de un sincero arrepentimiento y muestran que la falta les parece más detestable que el castigo, el príncipe, usando de sus prerrogativas, o el voto del pueblo, les otorga una mitigación o la liberación total de la esclavitud.

La incitación al estupro es tan castigada como éste. En todos los casos, la tentativa de delito es asimilada al acto, pues creen que el fallar en la ejecución del crimen no debe ser considerado como excusa para el criminal, de quien no dependió que sucediese de otro modo.

Gustan mucho de los bufones[88]. Quien los maltratase sería tenido en gran oprobio. No impiden que pueda sacarse provecho de la locura, ni, en interés de los propios bufones, los confían a aquellos que no ríen de sus chistes y gestos, temiendo que no los traten con la debida indulgencia y que no aprovechen sus capacidades de diversión que constituyen su único talento.

Tienen por torpe y contrahecho a quien se burla de algún deforme o mutilado, pues insulta a otro al reprocharle neciamente lo que no estaba en su mano evitar.

Abandonar los cuidados de la belleza corporal tiénenlo por negligencia y pereza; mas juzgan también que usar de afeites es insolencia y causa deshonor. Saben por experiencia que los maridos aprecian más la fidelidad y las prendas morales de una esposa que las gracias del cuerpo, y si muchos hombres se enamoran sólo por éstas, únicamente la virtud y la abnegación los retienen.

En Utopía no se contentan desterrando el crimen con las penas, sino que incitan a la virtud con promesa de honores. Colo-

---

[88] Otra muestra de las personales preferencias del Canciller. Henry Pattirson figura en el antes mencionado retrato de la familia de Moro por Holbein.

can en las plazas públicas estatuas de los varones insignes y de preclara memoria para la república, a fin de que dure así el recuerdo de sus buenas acciones y, a la vez, la gloria de los antepasados sea para la posteridad acicate e incitación a la virtud.

Quien aspira a una magistratura, pierde toda esperanza de alcanzarla.

Los utópicos viven amablemente sin que ningún magistrado sea insolente o terrible. Llámanlos padres y merecen ser llamados así. Todos pueden otorgarles los honores debidos a su categoría, pero nadie está obligado a ello. El príncipe no se distingue de los demás por sus vestidos o por su diadema. Lleva solamente en la mano un ramillete de flores. La insignia del Pontífice es un cirio que llevan delante de él.

Tienen pocas leyes, pero suficientes para sus instituciones. Lo que primeramente critican en los demás pueblos es el infinito número de leyes e interpretaciones, que, con todo, no son nunca suficientes. Consideran extremadamente injusto encadenar a los hombres con tantas leyes, tan numerosas que es imposible leerlas todas, y tan oscuras que bien pocos pueden comprenderlas. Así han suprimido todos los abogados que defienden las causas y disputan sutilmente sobre las leyes. La experiencia les ha enseñado que es preferible que cada cual defienda su pleito y exponga al juez lo que habría manifestado a su defensor. Evítanse así muchas complicaciones y es más fácil dilucidar la verdad. Mientras hablan los litigantes, sin todas las argucias que enseñan los defensores, el juez pesa los argumentos y ayuda a los hombres de bien contra las calumnias de los arguciosos.

Sería difícil aplicar tales normas en otros países donde tantas leyes hay y tan complicada y difícil es su observancia. Allí, en cambio, todos son jurisperitos, pues, como dije, las leyes son poquísimas y su interpretación más simple pasa por ser la más equitativa.

«Todas las leyes —dicen— son promulgadas para que cada cual sepa cómo debe proceder; las interpretaciones más sutiles sólo podrían convenir a unos pocos (ya que pocos pueden entenderlas). Son indispensables, pues, leyes cuyo sentido esté al alcance de la mayoría. Respecto al vulgo, que es esa mayoría y el que mayor número de leyes necesita, la abundancia de ellas, cuya interpretación nadie alcanza sino con gran inteligencia y largas controversias, equivale a la inexistencia de leyes, puesto que su entendimiento no llega a comprenderlas, ni su vida, ocupada en el trabajo necesario, sería suficiente para ello.»

Los pueblos vecinos de Utopía envidian las virtudes de los ciudadanos de ese país; lo cual hace que aquellos que tienen libertad de acción (muchos de los cuales fueron libertados en otros tiempos por los utópicos) les pidan magistrados, unos por un año, otros por cinco, a los cuales, cuando llega el término de sus funciones, acompañan a su tierra colmados de honores, mientras llaman a otros para que los reemplacen.

Los pueblos que obran de tal manera se aseguran la mejor y más sana forma de gobierno, pues la salud o la ruina de los Estados depende de las costumbres de los magistrados, que no pueden elegirse más prudentemente que cuando no se venden a ningún precio (lo cual fuera inútil en el caso de los utópicos, ya que deben volver pronto a Utopía) y, siendo extraños a los ciudadanos, los funcionarios utópicos no pueden ceder a ningún afecto ni enemistad. Cuando estos dos males, la parcialidad y la avaricia, siéntanse en el lugar de los jueces, disuelven inmediatamente la justicia, nervio el más fuerte de las repúblicas.

A esos pueblos que van a pedirles jefes, llaman los utópicos aliados, y a los restantes, a quienes otorgan beneficios, amigos.

No se comprometen jamás con esos tratados que todas las demás naciones concluyen, rompen y renuevan tan fácilmente.

«¿Qué haríamos —dicen— con los pactos, si ya los hombres están bastante unidos entre sí por naturaleza, y los que no reconocen este vínculo no mantendrán sus palabras?» Profesan con tanta mayor firmeza esta opinión, cuanto que en aquellas tierras los pactos entre soberanos suelen ser observados con muy poca lealtad. En verdad en Europa, y principalmente en aquellas tierras donde reinan la fe y la religión de Cristo, la majestad de los tratados es santa e inviolable, en parte a causa de la bondad y justicia de los príncipes, en parte también a causa del temor y de la reverencia que inspiran los pontífices, quienes no se comprometen a nada que no observen religiosamente, obligando así a los demás soberanos a respetar sus compromisos, usando en caso necesario de la censura pastoral y de severas sanciones. Estiman, con razón, que sería torpísima cosa ver infieles a sus promesas a los que llevan el nombre de fieles.

Mas en aquel nuevo mundo, que el círculo ecuatorial separa menos del nuéstro que las diferencias de vida y de costumbres, los pactos no merecen respeto alguno. Los concertados repetidas veces con las más y más sagradas ceremonias, son los que antes se quiebran; hallan fácilmente motivos de embrollo en cláusulas que fueron formuladas con infinita prudencia; así nadie está jamás ligado por vínculos tan sólidos que no puedan romperse y se ve a los contratantes eludiendo los tratados y la palabra dada. Si se descubriese fraude o dolo en un contrato entre particulares, los mismos que se vanaglorian de aconsejarlos en los Consejos de los príncipes dirían, con gran fruncimiento de ceño, que era cosa sacrílega y digna de la horca.

Diríase, a tenor de esto, que la justicia es virtud plebeya y humilde, que se arrastra muy por debajo de los tronos reales, o, aún mejor, que hay dos justicias: la que es buena para el pueblo, que vive de rodillas y que, cargada de cadenas, no puede salvar la valla que la rodea; y otra, la de los príncipes, más noble que la de los plebeyos y más libre en sus movimientos, para la cual sólo es lícito lo que quiere.

Estas costumbres de que hablo, estos pactos que los reyes observan tan mal, son la causa por que los utópicos niéganse a firmar tratados. Quizá cambiasen de opinión si vivieran aquí.

Paréceles también que aun cuando tales convenios fuesen observados, sería nefasto extender su uso. Esos tratados acostumbran a los hombres a considerarse unos a otros como enemigos hereditarios (como si no existiese una alianza natural entre dos pueblos que sólo separa una colina o un riachuelo), imaginándose que si no fuera por los tratados produciríase la ruina de todos. No obstante, las alianzas que se conciertan no estrechan los lazos de amistad, sino que, por el contrario, subsiste el derecho a devastar las tierras de los otros, en lo que permite una redacción imprudente de los textos que no lo especifique claramente.

Los utópicos piensan que es imposible tener por enemigo a quien no os causó daño alguno. El vínculo creado por la Naturaleza es, según ellos, la verdadera alianza; y los hombres están unidos con mayor fuerza por su buena voluntad que por los tratados, y más por sus buenos sentimientos que por la letra de los protocolos.

Del arte de la guerra

Los utópicos tienen la guerra por cosa bestial —aunque sea menos frecuente entre las fieras que entre los hombres—, abominan de ella, y, al revés de la mayor parte de los demás pueblos, estiman que no hay cosa más despreciable que la gloria guerrera.

A pesar de esto, ejercítanse asiduamente en el arte de la guerra, tanto los hombres como las mujeres, en días determinados, para que nadie sea inhábil en la lucha cuando fuera necesario hacer uso de las armas.

No emprenden la guerra por motivos fútiles, a no ser que defiendan sus fronteras, para expulsar a los invasores del territorio de un país amigo, o bien en el caso de que, movidos de compasión hacia algún pueblo tiranizado, decidan por humanidad emplear sus fuerzas librándolo del yugo del tirano y de la esclavitud.

Acaece también que los utópicos benefician con su auxilio a sus amigos, no sólo para defenderlos, sino, cuando han sido ultrajados, para vengarlos y ejercer represalias. Realmente no obran así más que en caso de haber sido previamente consultados y si, después de examinada la cuestión, el adversario a quien se ha reclamado no da satisfacción, pudiendo así ser considerado como autor responsable de la guerra. Y no obran de ese modo sólo en caso de depredaciones cometidas en incursión bélica, sino también, y aún más enérgicamente, cuando la iniquidad de una ley o la interpretación maliciosa de una disposición buena por sí misma, sirve de pretexto a injusticias —so capa de justicia—, de que son víctimas los comerciantes de una nación amiga.

No fue otro el origen de la guerra que, junto con los nefelogetas y contra los alaopolitas[89], promovieron los utópicos poco tiempo antes de nuestra época. Los alaopolitas injuriaron a unos mercaderes nefelogetas amparándose en una ley. Tanto si estaban en su derecho de hacerlo como si no lo estaban, la guerra para vengarse de ellos fue atroz. A las fuerzas de ambos contendientes uniéronse las de los pueblos vecinos, que entraron en la lucha llevados de sus amistades y de sus odios. Pueblos muy florecientes fueron violentamente conmovidos; otros, destruidos. El fin de esta serie de males fue la capitulación de los alaopolitas y su esclavitud. Fueron sometidos a los nefelogetas —pues los utópicos no combatían en interés propio—, cuando, en los tiempos de la grandeza de los alaopolitas, su poderío no podía compararse con el de éstos.

Los utópicos mantienen, pues, con gran encarnizamiento, la causa de sus amigos, aun cuando se trate de cuestiones de dinero. No así la de sus propios súbditos. Si alguno de éstos es privado dolosamente de sus bienes, mientras no haya perjuicio en la persona, sólo se vengan del pueblo culpable absteniéndose de comerciar con él mientras no dé satisfacción por ello. No es que se preocupen menos de sus compatriotas que de sus aliados, pero soportan con menor facilidad que éstos pierdan su dinero, pues cuando los comerciantes de un país amigo sufren un perjuicio pecuniario, esta pérdida es cosa suya, mientras que los utópicos, en igual caso, nada pierden, ni tampoco pierde la riqueza públi-

---

[89] Los nombres de Νεφελυγεται, «habitantes de las nubes», y Αλαοπολιται, «habitantes de la ciudad de los ciegos», proceden de la *Historia Verdadera*, de Luciano se Samosata.

ca, pues sólo se exportan cosas que abundan en exceso en el país, ya que de otro modo no se permitiría su exportación. Así, la pérdida es tan pequeña que nadie la siente. Además, estiman que es excesiva crueldad vengar con la muerte de gran número de hombres un daño de esa naturaleza, que no afecta ni a la vida ni al sustento de los suyos.

No obstante, si alguno de éstos es herido o muerto injustamente, tanto si del hecho es responsable una autoridad pública como si lo es un particular, los utópicos envían embajadores exigiendo la entrega de los culpables, bajo amenaza de declaración de guerra. Si los culpables les son entregados, condénanlos a muerte o a esclavitud.

Una victoria cruenta les desconsuela y aun avergüénzanse de ella, reputando que es locura pagar tan caro un éxito, por precioso que éste sea. Gloríanse en cambio cuando han vencido a sus enemigos con la astucia y el artificio. Celebran la victoria con triunfos públicos, erigiendo trofeos como si hubieran realizado grandes hazañas. Jáctanse de haber conseguido semejantes éxitos y de haber dado prueba de sus virtudes. Dicen que ningún animal, fuera del hombre, es capaz de vencer con la sola fuerza del ingenio, pues los osos, leones, jabalíes, lobos, perros y demás bestias luchan únicamente con la fuerza de su cuerpo; y aunque la mayoría de ellas nos superan en vigor y en ferocidad, todas son vencidas por el ingenio y el raciocinio.

Al hacer la guerra, los utópicos aspiran sólo a que les sea dada una satisfacción, que si hubiera sido obtenida habría impedido la ruptura de las hostilidades. Si no pueden conseguirla, toman de ello una venganza bastante severa, para que el terror detenga a los que en el futuro quisieran obrar de igual manera. Tales son sus propósitos al ejecutar sus proyectos, proyectos que aspiran a realizar rápidamente, pues más desean evitar el peligro que conseguir fama y gloria.

Así, al iniciarse las hostilidades, hacen fijar, secretamente y en un mismo día, en los lugares principales del país enemigo, unos carteles avalados con el sello del Estado utópico, ofreciendo enormes recompensas a quien matare al príncipe enemigo; con promesa de primas menores, ponen precio en los mismos carteles a las cabezas de los que después del príncipe consideran como principales responsables de las hostilidades.

Cualquiera que sea el premio ofrecido al asesino, dóblanlo si les entregan vivo a cualquiera de los proscritos; y cada uno de éstos es invitado a su vez a traicionar a sus propios compatriotas ofreciéndoles las mismas recompensas, además de la impunidad.

Así consiguen que rápidamente sus enemigos desconfíen unos de otros, y, no confiándose a los demás, aumente su miedo y sean menos peligrosos. Pues se ha visto buen número de ellos, y en primer lugar el príncipe, entregados por aquellos en quienes pusieron su mayor confianza; que tan fácil es corromper a los criminales. En semejante caso no lo olvidan los utópicos, que teniendo en cuenta los riesgos que corren los que para ellos trabajan, compénsanlos de la magnitud del peligro con la munificencia de la recompensa. Prometen, además de una gran cantidad de oro, la plena y perpetua propiedad de tierras situadas en lugar seguro, en tierras de amigos, y lo cumplen fielmente.

Jáctanse de esta costumbre de comprar a los enemigos y de poner precio a sus cabezas, que es considerada en todas partes como una cobarde crueldad propia de almas degeneradas, y tiénense por muy prudentes al terminar de aquel modo las más terribles guerras, sin combate alguno; pues es dar pruebas de humanidad y de misericordia salvar la vida de miles de inocentes —en parte suyos, en parte enemigos—, destinados a sucumbir en los campos de batalla, mediante el sacrificio de unos pocos culpables. Compadecen a los soldados enemigos no menos que a los propios, entendiendo que no guerrean espontáneamente, sino impulsados por la furia de los príncipes.

Si los procedimientos de que hablé no dan resultado, siembran los gérmenes de la discordia, alentando en el hermano del rey o en otro gran personaje la esperanza de conquistar el poder. Cuando las facciones internas languidecen, excitan a las naciones vecinas de los enemigos y las hacen entrar en la contienda exhumando alguno de los viejos títulos de que nunca carecen los reyes.

Las subvenciones a los aliados afluyen abundantísimas, pero envían únicamente a la guerra a un muy corto número de sus ciudadanos porque los consideran su mayor riqueza. Aprécianlos tanto que no aceptarían el cambio de uno solo de ellos por un rey enemigo y, en cambio, el oro y la plata, de los cuales no hacen ningún uso en su país, los gastan sin cuento, y aun los regalan, porque saben que no dejarán de vivir mejor aunque gasten todo su tesoro.

Además de las riquezas que conservan en su país, los utópicos poseen, como reserva en el exterior, las sumas inmensas que les deben otros países, según tengo dicho. Con ellas pueden mandar a la guerra mercenarios de todos los países y sobre todo zapoletas[90]. Éstos, que viven a una distancia de quinientos mil pasos de Utopía, por el lado de oriente, son gente hórrida, agreste y feroz; prefieren las selvas y las ásperas montañas de su país. Son gente dura, resistente al frío y los trabajos penosos; desconocen los refinamientos e ignoran la agricultura, descuidando las artes de la edificación y del vestido; ocúpanse sólo de sus ganados y viven esencialmente de la caza y de la rapiña.

Nacidos sólo para la guerra, buscan cuidadosamente la ocasión de dedicarse a ella, y cuando la hallan lo hacen ávidamente. Abandonan en gran número su país y se ofrecen a vil precio como soldados donde los necesitan. El único oficio que conocen es aquel en que arriesgan la vida. Bátense con gran valor y dan prueba de una incorruptible fidelidad al servicio de los que les pagan. Cierto es que no se alistan jamás por un determinado período de tiempo, sino con la condición de que podrán alistarse en otra parte, aun entre los enemigos, si se les ofrece mayor paga. Mas vuelven otra vez atraídos por un ligero aumento de la soldada.

Raro es que estalle alguna guerra sin que muchos de ellos se hallen en ambos bandos. Así sucede cotidianamente que parien-

---

[90] Del griego Ζαπωληται, «que se venden fácilmente». Bajo el nombre de zapoletas, Moro hace el retrato de los suizos, que fueron los grandes mercenarios de su época.

tes muy próximos, hombres unidos por una gran amistad mientras servían la misma causa, se baten poco después encarnizadamente, cuando el azar los ha dispersado en las filas de ejércitos enemigos, y, olvidando los lazos de la sangre y de la amistad, se apuñalan unos a otros sin que los mueva a dañarse mutuamente otro móvil que la exigua soldada que les pagan dos jefes diferentes. Tienen tal pasión por el dinero, que un maravedí que se añada a su paga diaria basta fácilmente para hacerlos cambiar de partido. Su avaricia crece así, pero les es inútil. Lo que ganan con su sangre, gástanlo en la crápula más miserable.

Ese pueblo combate por cuenta de los utópicos contra todos, y ningún país les ofrece sueldos tan elevados. Pues los utópicos, que tantas consideraciones tienen hacia los buenos, no dudan en abusar de este modo de los peores. Cuando las circunstancias lo exigen no dudan en impulsar a los zapoletas a los mayores peligros, seduciéndolos con grandes promesas y exponiéndolos en los lugares de mayor peligro, de donde la mayoría no vuelven para exigir el cumplimiento de lo prometido. Los sobrevivientes reciben exactamente lo que les prometieron, como incentivo para que muestren nuevamente idéntica temeridad.

A los utópicos no les preocupa la pérdida de muchos de dichos mercenarios, y aun piensan merecer el agradecimiento del género humano si alcanzan a purgar la tierra de gente tan innoble y nefasta.

Además emplean en tiempo de guerra las tropas de los pueblos en cuyo auxilio guerrean, así como batallones auxiliares que les proporcionan los restantes aliados y, en último lugar, usan de sus propios ciudadanos, entre los cuales escogen un hombre de valor probado, a quien ponen a la cabeza de todo el ejército. Agréganle otros dos, que, mientras vive aquél, no tienen facultad alguna; mas si el jefe es hecho prisionero o muerto, uno de ellos lo sustituye como por herencia, y, en caso de necesidad, lo hace el tercero, a fin de que, siendo mudables las suertes de la guerra, no se comprometa el ejército por la desaparición del jefe.

Cada ciudad alista y ejercita a los que se ofrecen voluntariamente. Nadie es inscrito a la fuerza en la milicia para expediciones exteriores. Piensan que un soldado poco valeroso por naturaleza, no sólo no se convertirá en valiente, sino que contagiará el miedo a sus compañeros.

No obstante, en caso de guerra interior, los cobardes de esta clase son utilizados, si son suficientemente robustos, en los buques, mezclados con los mejores o distribuidos por las fortalezas, de donde es imposible la huida. Así el amor propio, la proximidad de los enemigos, la carencia de una esperanza de fuga ahoga el temor y frecuentemente el peligro extremado se convierte en valor.

Nadie está obligado contra su voluntad a guerrear allende las fronteras, y las mujeres pueden acompañar a sus maridos, si lo desean, en las filas del ejército, exhortándolas a hacerlo y alabándolas si lo hacen. Parten con sus esposos y permanecen a su lado; rodéanse todos de sus hijos, parientes y amigos, para que se ayuden más fuertemente aquellos a quienes la naturaleza impulsó a prestarse mutuo auxilio. Es tenido en el mayor oprobio el marido que retorna sin su esposa, o el hijo sin sus padres. Así, cuando por la resistencia del enemigo se ven obligados a combatir, luchan con gran furor y encarnizamiento hasta aniquilarse los combatientes. Buscan, por todos los medios no combatir por sí mismos, usando de los auxiliares que tienen a sueldo; pero cuando es indispensable entrar en combate, luchan con tanta intrepidez como prudencia mostraron para evitarlo mientras fue posible.

Su ímpetu no aparece al primer empuje, mas los obstáculos y la duración de la lucha encienden progresivamente sus ánimos hasta el punto de que perecerían antes que retroceder. Como tienen la certeza de que en su país existe todo lo que precisan para vivir, desaparece el temor por la suerte futura de su familia (y es esta inquietud la que paraliza en todas partes los ánimos esforzados), y su valor es sublime, no tolerando la derrota. A esto debe añadirse la confianza que les inspira su gran pericia en el arte de la guerra y la excelente educación que reciben desde su infancia en las escuelas e instituciones de la República, donde se les enseñó que la vida no es cosa tan vil que deba ser prodigada, ni tan cara que deba ser conservada torpe y cobardemente cuando el honor exija renunciar a ella.

En lo más recio del combate, un grupo selecto de jóvenes juramentados en el cumplimiento de su misión lánzanse a la busca del jefe del ejército enemigo, atacándole abiertamente o preparándole una emboscada. Quieren alcanzarlo de cerca o de lejos. Atacan y combaten sin descanso en forma de cuña y nuevos combatientes reemplazan a los que están fatigados. Raro es que el general enemigo (a menos de huir) no perezca o no caiga vivo en manos de sus adversarios.

Cuando han alcanzado la victoria, los utópicos no se encarnizan matando a los vencidos, ya que prefieren capturar a los fugitivos en vez de matarlos. Mas no se lanzan jamás a perseguirlos sin que tengan de reserva un cuerpo de ejército en orden de batalla bajo sus estandartes. Excepto en el caso de que, aunque contenidos por todos lados, puedan ganar la batalla gracias a su retaguardia, prefieren dejar huir a sus enemigos en vez de perseguirlos, puesto que así sus tropas romperían las filas y se desbandarían. Tienen la experiencia de lo que les sucedió muchas veces, o sea, que habiendo los enemigos derrotado y puesto en fuga al grueso de su ejército y persiguiéndolos en desorden, unos pocos utópicos que constituían la reserva, aprovechando la ocasión, atacaron de improviso a los que se habían dispersado descuidando su seguridad por exceso de confianza, y cambiaron así el aspecto de la batalla, arrancando los vencidos de manos de los hasta entonces vencedores la victoria que éstos creían ya segura.

Difícil es decir si los utópicos son más hábiles para preparar emboscadas que cautos en evitarlas. Cuando parece que preparan su fuga, ni siquiera piensan en ello. Al contrario, si toman esta determinación, es imposible adivinarlo. Pues si estiman que por la posición o por su número se hallan en peligro, abandonan silenciosamente y por la noche el campamento, o eluden el peligro gracias a alguna estratagema, o bien se retiran poco a poco, pero en tan buen orden, que no es menos peligroso atacarlos durante la retirada que en plena batalla.

Rodean cuidadosamente de fosos anchos y profundos los campamentos; la tierra que de ellos sacan échanla en el interior de la fortificación[91]. Para estos trabajos no utilizan peones. Son los mismos soldados quienes los ejecutan con sus propias manos. Todo el ejército trabaja en ello, excepto los centinelas que están en la parte exterior para señalar los ataques imprevistos. Así, y con tantos trabajadores, acaban rápidamente y con seguridad potentes fortificaciones que rodean una vasta extensión de terreno.

Usan armas y escudos sólidos, que no molestan ni el gesto ni los movimientos, tanto que hasta pueden nadar con ellos sin que les ocasionen molestias. Nadar armados es uno de los primeros elementos de su instrucción militar.

A distancia lanzan saetas con gran fuerza y habilidad, tanto los jinetes como los infantes. En el combate no usan espadas, sino hachas que, por su peso y corte, causan heridas mortales tanto si hienden como si pinchan.

Han inventado ingeniosísimas máquinas de guerra y escóndenlas cuidadosamente, no porque teman que puedan ser imitadas, sino porque no se burlen de ellas. Al fabricarlas, se preocupan sobre todo de la posibilidad de transportarlas fácilmente y de los medios de que puedan dar vueltas en todos sentidos.

Observan tan escrupulosamente las treguas pactadas con los enemigos, que no las violan ni aun en caso de provocación. No devastan tampoco las tierras enemigas, ni queman las cosechas; al contrario, procuran tanto como es posible que no las pisen los hombres ni los caballos, con la esperanza de que podrán utilizarlas algún día.

No maltratan jamás a un hombre inerme, a menos que sea espía. Protegen las ciudades que se les entregan, y no saquean

---

[91] Tal procedimiento usábanlo los romanos en sus *castra* o campamentos fortificados, de los que se han descubierto abundantes ejemplares en la diversas ex provincias imperiales. El de Numancia (en España) es típico ejemplar de tales campamentos.

las que toman por asalto; mas condenan a muerte a los que se oponen a la rendición y esclavizan a los demás defensores. No molestan a la multitud de los que no tomaron parte en la guerra. Si saben de algunos que aconsejaron la rendición, otórganles una parte de los bienes de los condenados. Lo restante danlo a las tropas auxiliares, no tomando nada para sí mismos.

Terminada la guerra, no hacen pagar a sus amigos los gastos de la misma, sino a los vencidos, exigiéndoles por una parte la entrega de dinero, que conservan como reserva para el caso de otra guerra semejante, y de tierras de gran rendimiento que retienen perpetuamente.

De este modo, tienen ahora en distintas tierras rentas de esta clase procedentes de causas muy diversas y cuya suma total asciende a más de setecientos mil ducados anuales[92]. A tales tierras envían algunos de sus conciudadanos, llamados cuestores, para que vivan en ellas magníficamente comportándose como magnates. Una gran parte de las rentas de dichas tierras va a parar al erario público, excepto cuando prefieren prestarla al país en que se hallan enclavadas las tierras, cosa que hacen frecuentemente, en espera de necesitarlo para sí. Raro es que reclamen su reembolso total. Parte del producto de dichas tierras asígnanlo a aquellos que por instigación suya corrieron los riesgos de que antes hablé.

Si algún príncipe se prepara a invadirlos con su ejército, salen de sus fronteras y dirígense a su encuentro con grandes fuerzas, pues no guerrean en su territorio más que por razones muy graves, y ninguna necesidad, por grande que fuera, les haría admitir auxilios ajenos en su isla.

De las religiones de los utópicos

Hay diferentes religiones, no sólo en los distintos lugares de la isla sino en cada ciudad. Adoran unos al Sol, otros a la Luna

---

[92] Aproximadamente unas 650.000 libras esterlinas actuales.

o a algún planeta errante. Los hay también que tienen no sólo por dios sino por dios supremo a algún hombre que se hizo ilustre por sus virtudes o por su gloria. Pero la mayor parte —y son también los más prudentes— no acepta ninguna de esas creencias y reconoce un solo dios, único, desconocido, eterno, inmenso, inexplicable, que está por encima de la mente humana y que llena nuestro mundo, no con su extensión, sino con su poderío. Llámanlo *el Padre*.

Atribúyenle el origen, desarrollo y progreso de todas las cosas, así como los cambios que las han hecho semejantes a como las vemos ahora; y sólo a él otorgan honores divinos.

Aun los restantes utópicos, a pesar de sus diversas creencias, convienen con ellos en la existencia de un Ser supremo, creador y providencia del Universo, llamado comúnmente *Mitra* en la lengua del país,[93] aunque varía el concepto que de él tienen. Cualesquiera que sean sus opiniones individuales sobre esta cuestión, reconocen la identidad de la naturaleza divina con el poder y la majestad a las que todos los pueblos, de mutuo acuerdo, atribuyen la existencia del mundo. Por lo demás, los utópicos van abandonando poco a poco esta diversidad de creencias, para comulgar en una sola religión que aparece a la razón como superior a las demás. Sin duda los restantes dogmas hubiéranse desvanecido hace tiempo, si desgracias imprevistas no hubiesen dificultado la conversión de gran número de habitantes de la isla, que consideran supersticiosamente ciertos acontecimientos fortuitos como signos de la cólera celeste y creen que la deidad cuyo culto pensaban abandonar se venga de su propósito impío.

Después que les hubimos enseñado el nombre, la doctrina, la vida y los milagros de Cristo, y la no menos admirable constancia de tantos mártires cuya sangre derramada voluntariamente había llevado a la fe cristiana tantas naciones, hasta en las regiones más lejanas, no podéis imaginaros los sentimientos de

---

[93] El origen parcialmente persa de la lengua utópica explica el uso del nombre del dios solar de los antiguos persas.

afecto con que se adhirieron a ella, bien por secreta inspiración de Dios, o porque les pareciese próxima a la creencia que predomina en su país. Además, lo que, según creo, contribuyó en gran manera a decidirlos, fue saber que Cristo se complacía en comer con sus discípulos, costumbre que perdura en las reuniones donde se conserva la más pura tradición cristiana. De todos modos lo cierto es que muchos adoptaron nuestra religión y fueron purificados en las sagradas aguas del bautismo.

Pero ninguno de nosotros cuatro (únicos sobrevivientes después de la muerte de nuestros dos compañeros restantes)[94] era sacerdote; y duélome de ello, pues los utópicos, aunque iniciados en nuestra religión, esperan aún los sacramentos que entre nosotros sólo pueden conferir los sacerdotes. Comprendiendo el valor de éstos, deséanlos con la mayor vehemencia, y aun disputan entre sí acerca de si alguno de ellos podría ejercer funciones sacerdotales sin permiso del pontífice de los cristianos. Parecían dispuestos a elegir un sacerdote, pero al partir yo aún no habían elegido a nadie.

Los que no han adoptado la religión cristiana no buscan disuadir a ninguno de ella, ni persiguen a sus adeptos. No obstante, uno de los nuestros fue encarcelado en mi presencia. Bautizado recientemente, predicaba en público, contra mi opinión y con mayor fe que prudencia, la fe de Cristo, y se inflamó tanto que no sólo clamaba diciendo que nuestra fe era la mejor de las creencias, sino que condenaba en bloque todas las demás, y vociferaba contra estas religiones tratando a sus ritos de profanaciones y a sus secuaces de impíos y sacrílegos, dignos de ser entregados a las llamas eternas. Pronunció en este tono un largo discurso. Aprehendiéronle y fue acusado, no de ultrajar la religión del país sino de provocar tumultos populares, y por ello fue desterrado. Pues uno de los principios más antiguos de Utopía establece que nadie debe ser molestado por causa de su religión.

---

[94] Según se explicó al comenzar el Libro primero, Hytlodeo inició sus exploraciones americanas acompañado de cinco compañeros.

Ya desde un principio, Utopo había sabido que antes de su llegada el país estaba sometido a continuas guerras de religión, y se dio cuenta de que estas diferentes sectas, incapaces de entenderse para una acción común y batiéndose aisladamente para defender su suelo, le daban la posibilidad de subyugarlos a todos de una vez. Cuando hubo alcanzado la victoria, proclamó la libertad de que cada cual profesare la religión que le pluguiera; y aunque se permita hacer prosélitos, precisa que se proceda con moderación y dulzura y con argumentos racionales, no destruyendo brutal ni violentamente la religión ajena, si no tuviere efecto la persuasión. La intolerancia en las controversias religiosas pénase con destierro o esclavitud.

Con semejantes medidas, Utopo no aspiraba solamente a mantener una paz, combatida antes por incesantes luchas y odios implacables; estimaba que era preciso proceder así en interés de la misma religión sobre la cual nunca osó tomar ligeramente ninguna determinación, no sabiendo si fue Dios mismo quien, deseando la multiplicidad de los cultos, inspirolos todos.

Ciertamente, hacer uso de fuerza y de amenazas para que todos acepten lo que se cree que debe ser la verdad parecíale algo tiránico y absurdo. Preveía que si una religión era verdadera y vanas todas las restantes, fácilmente conseguiría superar a las demás y triunfar sobre ellas, mientras obrase racional y moderadamente. Por el contrario, si las armas y turbulencias dominaban en la competencia, los peores —que son los más grandes luchadores— atacan la mejor y más santa de las religiones, que perece ahogada por las vanas supersticiones como la cosecha entre la broza y las ortigas.

Así, pues, dejó la cuestión intacta, y cada cual quedó en libertad de creer lo que gustara. No obstante, prohibió severamente, en nombre de la moral, que nadie degenerase hasta el punto de creer que el alma perece con el cuerpo o que el mundo camina sin ser dirigido por la Providencia. Los utópicos piensan que tras esta vida existen castigos para los vicios y premios establecidos para las virtudes. Quien cree lo contrario no es contado en el número de los hombres, puesto que hace descender la sublime naturaleza de su alma a la vileza corporal de una bestia. Tampoco le cuentan entre los ciudadanos, pues, si el miedo no se lo impidiese, podría pisotear todas las instituciones y costumbres del país. ¿Cómo podría saberse si semejante hombre no querría infringir, astuta o violentamente, las leyes de su país si sólo obedeciera a sus pasiones y por encima de las leyes humanas no temiera nada, puesto que sus esperanzas no iban más allá de su vida corporal?

A los que piensan de tal manera no les otorgan ningún honor, ni les confían ninguna magistratura ni cargo público. Desdéñanlos como gente sin energías ni fuerza moral. Por otra parte, no los condenan a ninguna pena, pues están persuadidos de que nadie puede forzar las convicciones ajenas. No emplean tampoco amenazas, que les harían disimulados, y no admiten la hipocresía ni la mendacidad, que odian tanto como el fraude.

Prohíben ciertamente que se sostengan semejantes opiniones ante el vulgo. Mas no sólo permiten, sino que aconsejan su discusión con los sacerdotes y los graves varones, confiando en que tales locuras desaparecerán ante la razón.

Otros hay, y no pocos, que pueden exponer sus ideas, ya que sus doctrinas no dejan de ser racionales e inofensivas. Sostienen, cayendo en el vicio contrario, que los animales tienen también un alma inmortal, no comparable en manera alguna a la del hombre porque no les está destinada la misma felicidad.

Casi todos los utópicos se hallan tan convencidos de la infinita beatitud que espera a los hombres después de la muerte, que lloran por los enfermos, y jamás por los difuntos, salvo cuando les ven que abandonan ansiosamente la vida y temiendo la muerte. Esta ansia tiénenla como de pésimo augurio, como si hubiera para las conciencias malas alguna premonición secreta de un próximo castigo. Piensan que no ha de ser grato a Dios recibir a aquellos que al ser llamados no acuden gustosos a su llamada y se dejan arrastrar de mala gana. Tal género de muerte los horroriza, y así en silencio y tristemente llévanse el cuerpo del difunto, y hasta que no han rogado a Dios que olvide en su clemencia las miserias del finado no entierran el cadáver.

Por el contrario, nadie llora a los que parten alegremente y en la plenitud de la esperanza. Acompañan con cantos sus funerales, recomendando su alma a Dios con gran afecto, y queman su cuerpo reverentemente, pero sin tristeza. En el mismo lugar erigen una columna donde se inscriben los títulos del difunto. Vueltos a su casa los acompañantes, recuerdan la vida y costumbres de aquél, pero ningún momento de su existencia más frecuentemente ni con mayor complacencia que el de su tranquila muerte.

Consideran este homenaje a la probidad como eficacísima incitación a la virtud para los vivos y culto gratísimo a los difuntos, los cuales se interesan por ello aunque sean invisibles a los débiles ojos de los mortales. Pero no sería admisible que la suerte de los felices no llevara consigo la libertad de vagar por donde quisieren, y fuera acusarlos de ingratitud si no sintieran el deseo de visitar a sus amigos, con quienes, en vida, estuvieron ligados por vínculos de mutuo amor y ternura. Piensan también que estas alegrías de los buenos se acrecientan más después de la muerte en vez de disminuir. Así, pues, creen que los muertos mézclanse con los vivos y son espectadores de sus hechos y dichos. Tal convicción, y la confianza en semejantes defensores, danles mayor seguridad en sus empresas, y la creencia en la presencia de sus mayores les impide realizar en secreto malas acciones.

No creen en los augures y vanas prácticas adivinatorias que tanto respetan otros pueblos, y se burlan de ellas. Pero veneran los milagros que se producen sin ayuda de la Naturaleza, como procedentes de la divinidad y testigos de su poderío. Son, según ellos, abundantes en Utopía, y en momentos de crisis los impetran y consiguen con rezos públicos hechos con gran fe.

Consideran como culto grato a Dios la contemplación de la Naturaleza y las alabanzas a su Creador. Algunos de ellos, no pocos, llevados del espíritu religioso, descuidan el estudio de las letras, no tratan de conseguir ningún conocimiento y prívanse de todos los ocios. Están convencidos de que sólo una vida activa y la práctica de la caridad hacia su prójimo les valdrán la felicidad después de la muerte. Así, algunos cuidan enfermos; otros rehacen caminos, limpian fosos, reparan puentes, cavan la tierra para extraer arena o piedra de construcción, cortan y podan árboles; en carretas de dos bueyes transportan a las ciudades leña y frutos y otros productos, obrando en favor no sólo del Estado sino de los particulares, y más como esclavos que como criados. Pues de cualquier trabajo penoso, difícil, miserable que repugna a los demás por razón del cansancio, del fastidio o de la desesperación que provocan, ocúpanse ellos con satisfacción. Procuran el descanso a los demás ocupándose continuamente en el trabajo, sin quejarse ni censurar lo que los demás hacen ni aprovecharse para mejorar su suerte. Cuanto más se rebajan a nivel de los esclavos, más honrados son por los demás.

De ellos existen dos clases. Una que se compone de célibes, que no sólo se abstienen totalmente de comercio con mujeres, sino de ciertas carnes y aun de toda carne animal, renunciando a todos los placeres de la vida presente como pecaminosos, pues con ayunos y penalidades aspiran a la felicidad futura y la esperanza de conseguirlo pronto los hace alegres y despiertos. Los de la otra secta, que no gustan menos del trabajo, prefieren el matrimonio y no desprecian sus dulzuras, pues consideran que se deben a las leyes de la Naturaleza y a la patria. No desdeñan ningún placer, a condición de que su trabajo no sufra menoscabo. Comen carne de animales, pues creen que este alimento aumenta la resistencia a la fatiga. Los utópicos reputan a éstos más prudentes, más santos que aquéllos. Si los que anteponen el celibato al matrimonio y una vida penosa a otra agradable, pretendiesen fundamentarlo en argumentos racionales, burlaríanse de ellos; pero como creen que los guía sólo la religión, los respetan y reverencian. Pues los utópicos procuran no proceder jamás con ligereza en cuestiones religiosas. Así, pues, obran los que en su idioma llaman *butrescos*, lo que se podría traducir en nuestra lengua por religiosos.

Los sacerdotes son extremadamente santos, por lo que hay pocos. Sólo existen trece en cada ciudad, con igual número de templos, a no ser cuando van a la guerra. Entonces, siete de ellos parten con el ejército, y para sustituirlos eligen otros tantos en la ciudad. Al volver los ausentes, recuperan su puesto y los sobrantes los sustituyen a medida que aquéllos van muriendo, y en tanto que sucede esto acompañan al pontífice, pues uno de los sacerdotes tiene potestad sobre los demás.

Elígelos el pueblo, como a los magistrados, por sufragio secreto, para evitar intrigas, y los electos son consagrados en el Colegio sacerdotal a que pertenecen. Presiden las ceremonias religiosas, cuidan de las creencias y son censores en materia de costumbres; constituye una gran vergüenza verse obligado a comparecer ante ellos para responder de actos deshonrosos.

Tienen la misión de aconsejar y amonestar, mas sólo incumbe al príncipe y a los demás magistrados encarcelar y corregir a los criminales. Empero los sacerdotes pueden privar el acceso a las ceremonias religiosas a aquellos que consideran como endurecidos en el mal, y ningún castigo aterroriza tanto a los utópicos como éste, pues se ven marcados con un signo infamante y les tortura un oculto temor religioso. Además, no dejan de sufrir corporalmente en lo futuro, pues si no se arrepienten ante los sacerdotes, el Senado les aplica las penas reservadas a los impíos.

Los sacerdotes educan también a la infancia y a la juventud, ocupándose más en formar sus costumbres y carácter que en instruirlos. Aplícanse con sumo celo a inculcar en los niños, cuya alma es dócil y tierna, ideas sanas y útiles para el sostenimiento del Estado, las cuales, después que han sido introducidas en el alma de los niños, los guían durante toda su vida y contribuyen en gran manera a conservar el Estado, cuya ruina viene siempre causada por los vicios que son consecuencia de doctrinas erróneas.

Los sacerdotes (entre los cuales no faltan las mujeres, pues su sexo no las excluye, aunque sólo las elijan raras veces, y aun viudas y de edad) escogen sus consortes entre lo más selecto de la población.

No hay entre los utópicos magistratura más honrada que la sacerdotal; tanto, que si algún sacerdote comete acciones deshonrosas, no es sometido a juicio público; lo abandonan a Dios y a su conciencia. Creen que la mano del hombre no tiene derecho a tocar a aquel que fue solemnemente consagrado a Dios como una ofrenda. Y esto es de muy fácil observancia porque los sacerdotes son pocos y están escogidos con gran cuidado.

Raro es que un hombre elevado a tan alta dignidad por sus virtudes y porque era uno de los mejores entre los buenos, caiga en el vicio y en la corrupción. Y si en algún caso sucede eso —pues la naturaleza humana es frágil—, no tendría repercusiones graves para la salud del Estado, ya que, por razón del corto número de sacerdotes, éstos tienen los honores mas no el poder.

Si los utópicos tienen tan pocos sacerdotes es para no envilecer el prestigio de una institución que es tenida ahora en gran estima, pues reputan difícil al admitir en ella un gran número de personas que todas ellas sean hombres virtuosos que merezcan ser investidos de una dignidad para la cual no basta ser mediocre.

No son menos estimados entre las gentes extranjeras que entre las propias, cosa que se comprende fácilmente. Durante los combates, los sacerdotes se arrodillan un poco apartados, mas no demasiado lejos del campo de batalla, revestidos de sus ornamentos sagrados, y alzan al cielo las palmas de las manos, implorando en primer lugar la paz y después la victoria de los suyos, expresando a la vez su deseo de que no sea sangrienta para ninguno de los dos bandos. Si vencen los suyos, corren al lugar del combate para impedir la matanza. Quien, al acercarse ellos, los ve, se les aproxima y los llama tiene la vida salva. El que puede tocar sus flotantes vestiduras preserva sus bienes de todos los daños de la guerra.

De esto deriva la veneración que inspiran a todos los pueblos y el carácter de verdadera majestad, gracias al cual obtienen frecuentemente del enemigo la vida de sus conciudadanos, como habían conseguido de éstos la de los enemigos. Es fama además que cierta vez que fue vencido el ejército utópico y hubo de replegarse y huir, cuando los enemigos se aprestaban a la matanza y al saqueo, intervinieron los sacerdotes para separar las tropas y consiguieron que se hiciera la paz en condiciones equitativas. No se ha visto jamás ninguna nación tan fiera, bárbara y cruel que no tenga por sagrado e inviolable el cuerpo de los sacerdotes utópicos.

Los utópicos celebran con una fiesta los días primero y último de cada mes y año; éste se halla dividido en meses según las fases de la luna, calculando el año por la rotación (alrededor) del Sol. Llaman en su lengua *cinemernos*[95] a los primeros días del mes y *trapemernos* a los últimos, vocablos que podríamos traducir por primifestos y finifestos.

En Utopía se ven templos magníficos, no sólo por su riqueza sino por sus dimensiones. Estos edificios —y lo exige así su corto número— pueden contener una inmensa multitud de fieles. Reina en todos ellos una semioscuridad que no es consecuencia de la ignorancia de los arquitectos, sino que responde a designio de los sacerdotes, quienes estiman que una luz excesiva dispersa la atención, mientras que su escasez favorece el recogimiento del alma y la meditación religiosa.

Aunque no profesen todos los ciudadanos la misma religión, todos los cultos tienden, en su múltiple variedad y por caminos diferentes, hacia un mismo fin, que es la adoración de la naturaleza divina. Por esto, en los templos no se ve ni oye nada que no cuadre perfectamente con lo que es común a todas aque-

---

[95] Parece derivar de χυνημερινοσ, «el día del perro de cada mes», es decir, el día —o mejor la noche—, entre el viejo y el nuevo, durante el cual los griegos dejaban alimentos en el cruce de los caminos y creían que el aullido de los perros anunciaba la proximidad de Hécate.

τραπ-ημερινοσ designará el día que cierra el mes.

llas religiones. Si una secta tiene ritos especiales, cada uno de sus adeptos los celebra en su casa, entre los suyos. El culto público está organizado de tal modo que no ofenda las creencias particulares y por esto no se ve en los templos ninguna imagen de los dioses, a fin de que cada cual pueda concebir libremente su dios en la forma que mejor parezca a su fe. No invocan al Señor bajo ningún nombre especial, salvo el de *Mitra*, con cuya palabra designan la naturaleza de la Divina Majestad, cualquiera que sea. Y todas las oraciones que han adoptado son de tal manera que pueden pronunciarlas todos sin ofender sus convicciones religiosas.

En los días finifestos reúnense en el templo a la hora de vísperas y en ayunas, para dar gracias a Dios de que el mes o el año que termina con aquella fiesta haya transcurrido felizmente. Al día siguiente, que esprimifesto, reúnense nuevamente en el templo para pedir un fausto y feliz transcurso del año o mes que comienza.

En los finifestos, antes de ir al templo, las mujeres póstranse a los pies de sus esposos, y los hijos a los de sus padres, confesando sus pecados y las negligencias cometidas en el cumplimento de sus deberes, y pidiendo perdón por sus errores. Así, con esa confesión de los errores de cada cual, las nubecillas domésticas que pudieran alzarse se disipan, de manera que todos pueden asistir a las ceremonias con ánimo puro y sereno, ya que no osan concurrir a ellas con un corazón turbio. Quien tiene conciencia de llevar en sí odio o ira, no toma parte en las ceremonias antes de que su alma esté tranquila y purificada, temiendo una grande y rápida venganza de la divinidad.

En el templo, los hombres pónense en la parte derecha del edificio y las mujeres en la izquierda[96]. Colócanse de tal manera que los hijos están sentados delante del padre de familia, mientras que la madre se halla situada detrás de las hijas y de las demás mujeres de su casa. Con esto los jefes de cada familia pueden vigilar los gestos de todos aquellos a quienes gobiernan y edu-

---

[96] La primitiva Iglesia cristiana practicaba rigurosamente la separación de sexos en los templos.

can en su casa. Tienen especial cuidado en que los jóvenes se mezclen con sus mayores, evitando así que los niños, entregados a sí mismos, pierdan en inepcias pueriles el tiempo que deberían emplear en concebir el temor de Dios, que es la más eficaz y casi única incitación a la virtud.

No matan ningún animal en los sacrificios, ni creen que la sangre y la muerte de seres animados pueda causar placer alguno a la divina clemencia que les dio la existencia para que viviesen. Así, pues, se limitan a quemar incienso y otros perfumes. Los fieles llevan también muchos cirios, aunque saben que la naturaleza divina no necesita de tales ofrendas sino tan sólo de las preces de los hombres; pero les place el carácter inofensivo de aquel culto; y en aquellos olores y luces, y en las demás ceremonias, el hombre, no sé cómo, siente elevarse su alma y se entrega más intensamente al culto divino.

El pueblo va al templo vestido de blanco. El sacerdote lleva vestiduras multicolores, de forma y trabajo admirables, aunque no sean de materiales preciosos, pues esas vestiduras no son de tejidos de oro, ni llevan incrustaciones de piedras raras. Están hechas con las plumas de diversas aves, dispuestas con tal arte y buen gusto que las hechas de materias preciosas no podrían igualar tan prodigioso trabajo. Además, la disposición en un orden determinado que se observa en alas y plumas de las vestiduras sacerdotales, tiene un sentido oculto. Los sacerdotes conservan ese sentido oculto de tales símbolos, que recuerdan los beneficios de Dios, el agradecimiento que se le debe y las mutuas obligaciones de los hombres.

Al entrar en el templo el sacerdote revestido de tales ornamentos, prostérnanse todos los fieles respetuosamente, en un silencio tan profundo que la escena sobrecoge el ánimo cual si acabara de presentarse súbitamente la Divinidad.

Después que los fieles se han mantenido un rato en semejante posición, álzanse todos a una señal del sacerdote y cantan entonces las alabanzas al Señor, mezclando sus voces a las de los instrumentos, que son en gran parte muy diferentes de los que vemos en nuestro mundo y casi todos ellos más armoniosos que los nuestros, que no pueden comparárseles.

En este aspecto, los utópicos nos son extremadamente superiores, pues toda su música, así instrumental como vocal, imita y expresa perfectamente los sentimientos naturales y adapta los sonidos a lo que pretenden expresar. El canto expresa también la alegría, la piedad, la turbación de ánimo, el dolor y la cólera; y la forma de la melodía corresponde con tanta exactitud a los sentimientos que pinta, que el alma del auditorio se siente conmovida, penetrada e inflamada por ella de modo maravilloso.

Hacia el fin de la ceremonia, el sacerdote y el pueblo rezan a coro ciertas preces que están compuestas de tal manera que cada uno de los que las rezan puede referir a sí solo lo que recitan en comunidad. En ellas todos reconocen a Dios como Creador y Gobernador del Universo y como Autor de todos los bienes, dándole gracias por tantos beneficios y especialmente por haberles hecho nacer, por favor especial, en la más feliz de las Repúblicas e iniciado en una religión que a su juicio es la más verdadera. Por si errasen en ello o hubiera otra mejor y más agradable al Señor, ruéganle que en su bondad les permita conocerla, pues se hallan preparados a seguir el camino por el cual quiera conducirlos. Pero si su forma de gobierno es la más perfecta y su religión la más verdadera, piden que les sea permitido perseverar y atraer a todos los hombres a adoptar las mismas instituciones y la misma fe, a no ser que en sus destinos inescrutables Dios se complazca en la variedad de religiones.

Finalmente, ruegan a Dios para que les conceda una muerte dulce y los acoja en su seno; mas no osan pedir que les prolongue ni acorte la vida, aunque sí exponen que desean llegar a su presencia por una muerte dolorosa, antes que privarse de su contemplación por el transcurso de una existencia feliz.

Acabada esta oración prostérnanse de nuevo y se levantan poco después para ir a tomar su colación, terminando la jornada con juegos y ejercicios militares.

Os he descrito, tan fielmente como he podido, las instituciones de la que considero, no sólo la mejor de las Repúblicas, sino la única que puede arrogarse con derecho la calificación de República.

Cuando en algún otro lugar os hablan del interés público, cuidan únicamente de los intereses privados. Allí, como no hay nada privado, se ocupan seriamente de los negocios públicos. Y ambas actitudes tienen su explicación. Pues en los otros países, si cada cual no se ocupa de sus propios intereses, aunque la República sea floreciente, corre el peligro de morirse de hambre. Todos, pues, vense obligados a preocuparse más de sí que del pueblo, es decir, de los demás.

Por el contrario, en Utopía, donde todo es de todos, nadie teme que pueda faltarle algo en lo futuro cuando se han tomado las medidas para que estén repletos los graneros públicos. La distribución de los bienes no se hace maliciosamente y no hay pobre ni mendigo alguno, y, aunque nadie tenga nada, todos son ricos. Pues ¿hay, en efecto, riqueza mayor que llevar una vida tranquila y alegre, exenta de preocupaciones, sin tener que pensar en procurarse el sustento, ni ser molestado por las recriminaciones incesantes de una esposa, ni temer la pobreza para su hijo, o ansiar una dote para la hija, y tener asegurada la vida y la felicidad de todos los suyos: esposa, hijos, nietos, bisnietos y tataranietos hasta la más larga posteridad de que pueda envanecerse un espíritu generoso? Y más aún cuando tales ventajas no sólo afectan a los que trabajan, sino a aquellos que trabajaron en otro tiempo y hoy se encuentran inválidos.

Quisiera que alguien osase comparar con este régimen tan equitativo la justicia de otros países, en los que yo muriera antes de hallar la menor traza de justicia y de equidad. Pues ¿qué justicia es la que permite que cualquier noble, banquero, usurero u otro semejante de los que nada hacen, o que si algo hacen no tiene gran valor para la República, lleve una vida espléndida y deliciosa, en la ociosidad o en ocupaciones superfluas, mientras el obrero, el carretero, el artesano y el campesino han de trabajar tanto y tan asiduamente en labores propias de jumentos, a pesar de ser tan útiles que sin ellos ninguna República duraría más de un año, llevando una vida tan miserable que parece mejor la de los asnos, cuyo trabajo no es tan continuado ni su comida peor, aunque el animal la encuentre más buena y no tema el porvenir?

Mas aquéllos vense ahora aguijoneados por la necesidad de un trabajo infructuoso y estéril, y la perspectiva de una vejez indigente los mata, puesto que el jornal cotidiano es insuficiente para cubrir las diarias necesidades y hace imposible que puedan aumentar su fortuna y guardar algo diariamente para seguridad de su vejez. ¿No es ingrata e inicua la República que tan generosa se muestra con los nobles —que así les llaman—, con los banqueros y demás gente ociosa, con los aduladores y los que proporcionan placeres frívolos, mientras no cuida de los campesinos, carboneros, peones, carreteros y artesanos, sin los que no existiría ninguna República? Mientras son robustos, la sociedad abusa de sus trabajos, y cuando, más tarde, los años o una grave enfermedad los inutiliza, les privan de todo, olvidando tantas vigilias, tantos servicios realizados por ellos, y los recompensa ingratísimamente con la más miserable de las muertes. Los ricos reducen cada día un poco más el salario de los pobres, no sólo mediante combinaciones fraudulentas, sino promulgando leyes acerca de ello; así, pues, vimos antes la injusticia que suponía recompensar tan mal a los que más merecían de la sociedad; de esta monstruosidad hacen una justicia al sancionarla una ley.

Así, cuando miro esos Estados que hoy día florecen por todas partes, no veo en ellos —¡Dios me perdone!— otra cosa que la conspiración de los ricos, que hacen sus negocios so capa y en nombre de la República. Imaginan e inventan todos los artificios posibles, tanto para conservar (sin miedo a perderlos) los bienes adquiridos con malas artes, como para abusar de las obras y trabajos de los pobres, adquiridos a precio vil. Y los resultados de sus maquinaciones los promulgan los ricos en nombre de la sociedad y, por lo tanto, también en el de los pobres, dándoles así fuerza de ley.

A pesar de ello, esos hombres pérfidos, aun después de haberse repartido con codicia insaciable lo que bastaría a las necesidades de todos, ¡cuán lejos están de la felicidad de la República de Utopía! Allí donde el dinero nada vale, no hay posibilidad de codicia alguna. ¡Cuántas tristezas se evitan así! ¡Y cuántos crímenes se arrancan de raíz! Pues ¿quién no sabe que los fraudes, los robos, las depredaciones, las riñas, los tumultos, las sediciones, los asesinatos, las traiciones, los envenenamientos cotidianos, que pueden ser vengados mas no evitados con suplicios, desaparecerían si desapareciera el dinero? Y de igual modo el miedo, las inquietudes, los cuidados, las vigilias desaparecerían en el mismo momento en que desapareciese el dinero. La misma pobreza, única que parece necesitar del dinero, si desapareciese éste, también disminuiría y desaparecería.

Para ilustrar esto recordad algún año estéril e infecundo, en que muchos millares de hombres perecieron de hambre. Sostengo que si se hubiesen podido abrir los graneros de los ricos al acabar la miseria, se habría hallado en ellos tanto grano que, si hubiese sido repartido entre los que murieron de hambre y de necesidad, ninguno de ellos se hubiera dado cuenta de las inclemencias del cielo y de la tierra. Tan fácil sería dar sustento a todos si no fuera por el maldito dinero, inventado para abrirnos el camino del bienestar pero que en realidad nos lo cierra.

No dudo de que los ricos lo saben perfectamente y que no ignoran que más vale no carecer de lo necesario que poseer en abundancia lo superfluo, y también que es preferible evitar numerosos males que sentirse obsesionado por demasiadas riquezas. No tengo tampoco duda alguna de que, bien por interés propio o por obediencia a la autoridad de Cristo (que en su infinita sabiduría no pudo ignorar qué es lo mejor, y en su bondad sólo pudo aconsejarles lo que mejor fuera), todo el mundo habría aceptado fácilmente las leyes de aquella República, si no lo impidiera el orgullo, bestia feroz, soberana y madre de todas las plagas, que no mide su prosperidad por el bienestar personal, sino por la desgracia ajena. Aun cuando se convirtiera en dios, el orgullo no quedaría satisfecho si no hubiera miserables a quienes poder dominar e insultar, cuya miseria realzaría su felicidad, y si la exhibición de su opulencia no oprimiera y encolerizase a la pobreza. Esta serpiente infernal, al arrastrarse por los pechos de los mortales, les impide encontrar el camino hacia una vida mejor y les sirve de rémora. Además está tan bien hincada en el corazón humano, que es difícil arrancarla de allí.

Alégrame de que la forma de Estado que yo deseo para toda la humanidad la hayan encontrado los utópicos. Gracias al sistema de vida que adoptaron han constituido no sólo la más feliz de las Repúblicas, sino también la más duradera, a juzgar por lo que pueden presagiar las conjeturas humanas. Han extirpado de raíz, junto con los demás vicios, todos los gérmenes de ambición y todas las rivalidades, evitando de este modo el peligro de discordias civiles que han causado la ruina de tantas ciudades. Asegurada la concordia interior, la solidez de sus instituciones impide que la envidia de los príncipes vecinos turbe y conmueva su imperio. Y sabed que siempre que lo intentaron fueron rechazados.

Cuando Rafael hubo acabado de hablar, recordé muchos detalles que me habían parecido absurdos en las leyes y costumbres de aquel pueblo, no sólo su manera de guerrear, su culto y sus ideas religiosas y las demás instituciones, sino también y especialmente el fundamento principal de todas ellas: la vida y el sustento en común, sin ninguna circulación de moneda, lo cual destruye toda la nobleza, magnificencia, esplendor y majestad que, según la opinión pública, constituyen el ornamento y el honor de las Repúblicas. Mas como conocí que el narrador estaba cansado, y no sabía si aceptaría fácilmente ser contradicho, recordando que había reprendido a otros por hacerlo, reprochándoles que temían pasar por necios si no hallaban argumentos que oponer a las ideas ajenas, alabando su discurso y las instituciones utópicas, tomele de la mano y llevele a cenar, pensando que en otra ocasión tendríamos tiempo de meditar acerca de aquellos problemas y de discutirlos juntos detalladamente. ¡Quiera Dios que esto acontezca pronto!

Entre tanto y aunque no puedo dar mi asentimiento a todo lo que dijo Rafael, eruditísimo y gran conocedor de las cosas humanas, confesaré fácilmente que hay en la República de Utopía muchas cosas que desearía ver en nuestras ciudades.

Cosa que más deseo que espero.

FIN DEL LIBRO SEGUNDO

ÍNDICE

CLÁSICOS DE LA LITERATURA